Kindermund und alte Schuhe

Ursula Beck

Kindermund und alte Schuhe

Bibliografische Information der Deutschen Nationalbibliothek
Die Deutsche Nationalbibliothek verzeichnet diese Publikation in der Deutschen
Nationalbibliografie; detaillierte bibliografische Daten sind im Internet über
http://dnb.d-nb.de abrufbar.

© 2013 Ursula Beck
Illustrationen: Ulrike Cedro Delgado
Satz, Umschlaggestaltung, Herstellung und Verlag: BoD – Books on Demand
ISBN 978-3-7322-0830-2

Inhalt

Kindermund	7
TABU	11
Flüche	16
Naturtalent	19
Soap	21
Kreatives Schreiben	25
Brainstorming	32
Rentner-Beige	36
Kampf den Anglizismen?	39
Regenwald	43
Äquatortaufe	51
Ist der freie Wille eine Illusion?	54
Seniorenteller	59
Phobien	61
Der japanische Garten	64
Kreta	67
Die Alte	70
Interessant	72
Best Ager	74

Kindermund

Viele Menschen haben Probleme, sich mit ihrem Alter anzufreunden. Nicht nur machen ihnen die zwangsläufigen Einschränkungen oder kleinen oder großen Gebrechen, die sich mit der Zeit einstellen, zu schaffen; auch der Zahl des nächsten Geburtstages wird mit Sorge entgegengeblickt. Während ein fünfjähriges Kind noch stolz seine fünf Fingerchen hochstreckt, wenn es nach seinem Alter gefragt wird, findet man diesen Stolz höchstens wieder bei den über 80-Jährigen. Dazwischen wird am liebsten das Alter verschwiegen oder ein bisschen gemogelt – wenn nicht gerade mit Worten, dann mit Farben, Cremes oder sogar operativen Verjüngungen. Jetzt aber gibt es Hoffnung für die Zahlen-Fetischisten!

Unser Freund Wolfgang brachte uns die gute Nachricht: Man kann jetzt anhand eines Buches sein „wirkliches" Alter bestimmen, denn das „biologische" Alter kann sich sehr von dem auf der Geburtsurkunde festgelegten Alter unterscheiden, was man wiederum deutlich nach verschiedenen Tabellen dieses Buches berechnen kann.

Wolfgang teilte uns strahlend mit, dass er nach diesen Berechnungen zwölf Jahre jünger sei als nach den Kalenderdaten.

Da Wolfgang sich vorwiegend von trockenen Körnern, rohem Gemüse und Wasser ernährt, sich der totalen Abstinenz verschrieben hat und trotz seiner 70 Jahre regelmäßig für einen Marathon trainiert, kann man sich vorstellen, wie wohl die Tabellen des Buches aussehen mögen.

Wahrscheinlich ist es besser, wenn ich mich gar nicht mit diesen Informationen befasse, um nicht bemerken zu müssen, dass mein biologisches Alter noch höher ist, als es meine Geburtsurkunde ausweist.

Im Grunde mache ich mir auch keine Gedanken um die biologische und kalendarische Zahl; dass ich aber doch empfindlich reagiere, wenn man mich in die „Altersschublade" packt, musste ich kürzlich feststellen.

Für einen Kurzurlaub im Elbsandsteingebirge in der sächsischen Schweiz hatten mein Mann und ich eine Ferienwohnung gemietet. Als wir am Abend nach unserer Ankunft mal kurz den Fernseher einschalten wollten, um die Tagesschau zu sehen, wollte das Gerät uns nicht den Gefallen tun, Bild oder Ton zu produzieren, lediglich ein Schneegeriesel flackerte über die Mattscheibe. Das Gerät war nicht gerade die neueste Version auf dem Markt, aber mit separatem Receiver und zwei Fernbedienungen kannte ich mich von daheim aus.

Nach einer guten halben Stunde mit Überprüfung aller Kabelverbindungen und wechselnden vergeblichen Eingaben holten wir uns in der Nachbarwohnung Hilfe von einem netten jungen Mann (so Mitte 20). Er probierte auch etwa 20 Minuten – ohne Erfolg.

Die anschließend benachrichtigte Vermieterin versuchte es auch mehrfach vergeblich und holte sich dann per Handy die Lösung von ihrem Sohn: Man müsse lediglich etwa zwei Minuten auf die 0 der Receiver-Fernbedienung drücken und dann auf der anderen den Sender einstellen. Eigentlich ganz einfach, wenn man es denn weiß!

Was meinte die Vermieterin zu der ganzen Aktion? „Na ja, wenn man älter ist, hat man oft Probleme mit der Technik! Machen Sie sich nichts daraus!"

So viel wohlmeinendes Einfühlungsvermögen (nachdem sie ja selber das Problem nicht hatte lösen können!) machte uns völlig sprachlos. Leider war sie schon wieder verschwunden, ehe wir unserer Empörung Luft machen konnten.

Am nächsten Tag auf einer ausgedehnten Wanderung konnte dann aber unser Altersbewusstsein wieder ins Lot gebracht werden. Wir lernten Jutta und Theo kennen, die sich einen gemeinsamen Frühstücksplatz in unserer Nähe ausgesucht hatten. Man kam ins Gespräch, und wir erfuhren, dass sie ganz in der Nähe wohnten, sehr viel in der Gegend wanderten und deshalb so gut wie jeden Wanderweg kannten. Als wir uns nach dem besten Weg zurück erkundigten, war Theo sehr erstaunt, dass wir nicht das letzte Stück bergauf gehen wollten, wo man doch so eine fantastische Aussicht von oben habe. Unseren Einwand, für die angekündigten Leiterwege wären wir doch wohl zu alt, entkräftete er mit einer lässigen Handbewegung, er wäre bestimmt noch um etliches älter und wir würden das schaffen.

So herausgefordert und motiviert, kletterten wir tatsächlich die Leitern an den senkrecht fallenden Felsen hinauf, hangelten uns an Geländern entlang und wurden mit einem Blick belohnt, den wir nie vergessen werden.

Zwar ein wenig erschöpft, aber doch sehr stolz, dass wir vielleicht doch noch nicht in die Schublade der Vermieterin gehörten, genossen wir unsere Leistung.

Auch der nächste Tag mit einem Aufstieg über 850 Stufen bis zu einer Sonnenterrasse über der Elbe bestärkte uns, dass wir noch recht tüchtig wären. Hätten wir damals schon von der Existenz des biologischen Alters gewusst, hätten wir bestimmt fünf Jahre abgezogen; allerdings vermute ich, dass uns das Viertel Rotwein auf der Sonnenterrasse bestimmt wieder ein paar Wochen in die entgegengesetzte Richtung gestoßen hätte.

Der Urlaub war nicht nur bezüglich der „Altersbilanz" gelungen, und wir traten erholt und zufrieden die Heimreise an.

Obwohl der Zug Richtung Norden sehr voll war, fanden wir noch zwei Plätze in einem Sechserabteil. Zwei ältere Damen belegten die Fensterplätze, ein Jugendlicher verschanzte sich hinter seinem Rätselheft, ein Platz war noch frei.

Bei einem Zwischenhalt drängten so viele Fahrgäste in den Waggon, dass es für sie schwierig wurde, noch einen Platz zu finden.

Eine junge Frau mit einem etwa fünfjährigen Mädchen erkundigte sich nach dem verbliebenen freien Platz und wies das Kind an, sich doch erst einmal dort hinzusetzen, bis sie noch was Besseres gefunden hätte. Da hatte sie aber die Rechnung ohne ihre Tochter gemacht. Laut und energisch protestierte das Mädchen und lehnte das Ansinnen ab mit den Worten: „Aber hier sind ja nur alte Leute!"

Das klang so verzweifelt, dass wir lachen mussten, und auch die beiden Damen am Fenster stimmten mit ein. Der Jugendliche verzog nur verächtlich die Mundwinkel – diesen Schuh musste er sich nicht anziehen!

Wir dagegen taten es, einen biologischen und einen kalendarischen, und waren mit der Einschätzung einverstanden, denn wie heißt es so schön? „Kindermund tut Wahrheit kund!"

TABU

In den Sommerferien ist es Tradition, dass ich mit den Enkelkindern Juliana, Jonas und Isabel spiele. Als sie noch kleiner waren, lag es – etwa beim Mensch-ärgere-dich-nicht-Spiel – ganz in meiner Hand, ob der Nachmittag mit glücklicher Siegerlaune zu Ende ging oder abgrundtiefe Verzweiflung mit einem Schokoriegel oder ein paar Kugeln Zitroneneis weggeschleckt werden musste. Natürlich zeigte ich mich meistens großzügig, aber der erzieherische Wert einer Niederlage musste doch gelegentlich einmal ausprobiert werden, schließlich kann man sie als eine Abhärtung für die künftigen Tiefschläge des Lebens sehen. Wenn ich ganz ehrlich bin, war aber auch noch ein Funke Schadenfreude mit im Spiel, für den ich mich im Nachhinein ein bisschen schäme.

Als der Nachwuchs größer wurde, stellte sich das Problem nicht mehr, denn jetzt hatte *ich* Mühe mitzuhalten und konnte beim „Memory" – aufgrund meines nachlassenden Gedächtnisses – nur mit kleinen Mogeleien über die Runden kommen.

Jetzt aber habe ich mein absolutes Waterloo erlebt: Es heißt TABU …

Falls das Spiel nicht bekannt ist, sei es kurz skizziert: Zwei Parteien kämpfen um Punkte, mit denen man auf einem Spielfeld vorrücken kann. Wer zuerst das Ziel erreicht, hat gewonnen – das ist einfach. Nicht so einfach allerdings ist das Erringen der Punkte, denn dabei muss einer von der Mannschaft einen Begriff umschreiben, den ein anderer derselben Mannschaft innerhalb von einer Minute erraten muss. (Eine Sanduhr gibt die Zeit genau vor.) Die Schwierigkeit besteht nun darin, den Begriff zu beschreiben, ohne dafür die auf einer Karte als TABU bezeichneten Umschreibungen zu benutzen. Steht zum Beispiel auf der Karte „Chili con carne", darf man die Worte: Gericht, mexikanisch, scharf, Bohnen, Hackfleisch nicht benutzen; tut man es doch, ist der Punkt verloren. Die Gegenpartei wacht mit Argusaugen, dass man alles richtig macht. Bei manchen Punkten auf dem Spielfeld darf die Gegenpartei bestimmen, wer beschreibt und wer rät. Schadenfroh feixend wird jedes Mal „Oma" zum Beschreiben gewählt, denn die tappt meistens in die TABU-Falle, was viele Punkte kostet.

Mein Fehler, den ich leider zu spät bemerkt habe, bestand darin, dass ich direkt auf den Begriff zugesteuert bin, während die Kinder sich in Sekundenschnelle über einen Code – ich nenne ihn den Simpsons-Code – verständigen konnten.

Falls die „Simpsons" nicht bekannt sind (ich habe auch erst bei diesem Spiel ihre Bekanntschaft gemacht): eine Comicserie, die es sowohl im Druck als auch im Fernsehen gibt.

Im Druck flatterte sie mit Jonas ins Haus. Ich sollte besser sagen, sie wurde von ihm zelebriert: Die Heftchen, sorgsam in Klarsichtfolie eingeschlagen, durften nur betrachtet werden, wenn man sich vorher die Hände gewaschen hatte. Dafür hatte ich Verständnis, denn ich dachte an mein schmerzliches Bedauern beim Anblick der Nuss-Nougat-Spuren auf unserem Goldschnitt-Brockhaus vor einiger Zeit.

Was ich allerdings dann zu sehen bekam, war von so ausgesuchter Hässlichkeit, dass ich kaum verstehen konnte, dass diese Figuren den Prototyp der amerikanischen Familie darstellen sollen: Augen wie Tischtennisbälle, auf denen eine winzige Fliege als Pupille klebt, überdimensionale Köpfe, riesige Zähne, sehr merkwürdige Frisuren …

Mein Einwand, ich fände diese Figuren doch recht hässlich, wurde rasch entkräftet:

„Daran gewöhnt man sich! Das ist Kult!"

Nun, mit diesem Kult ließ sich auf jeden Fall trefflich TABU spielen.

Nehmen wir zum Beispiel noch einmal „Chili con carne".

Isabel: „Was isst Homer (der Familienvater, ausgesprochen „Houmer") am liebsten?"

Jonas: „Chili con carne." Ein Punkt! Weiter …

Auf diese Weise lassen sich gut drei Viertel aller Begriffe codieren.

Jonas ist noch nicht im Stimmbruch. Wenn er sich aufregt, klettert seine Stimme eine Wendeltreppe hinauf, die selbst einen Koloratursopran weit hinter sich lässt.

Ich war in seine Mannschaft eingeteilt und sollte den Begriff „schwarzes Loch" umschreiben.

Nun, eigentlich weiß ich nicht so ganz genau, was man darunter versteht, aber dass es etwas mit einem Stern (TABU), dem Universum (TABU) und der Gravitation (TABU) zu tun hat, ist mir noch im Hinterkopf. Während ich noch verzweifelt an „gestorbener Himmelskörper" oder „gebremste Lichtenergien" herumbastele, rutscht Jonas immer unruhiger auf seinem Platz hin und her, und die Sanduhr läuft und läuft – unerbittlich.

„Mann, jetzt mach doch endlich!" Die Tonlage steigt bedenklich. Fast eine Minute der zwei erlaubten ist schon vertan, und noch immer sitze ich wie gelähmt in meinem schwarzen Loch. Ein guter Läufer hat in der Zeit gut und gerne 800 Meter zurückgelegt, ich schaffe keinen Zentimeter auf dem Spielbrett! Als sich die letzten Sandkörner dem engen Hals nähern, ertönt ein Aufschrei auf der Höhe des zweigestrichenen C: „Oh Mann, ich spiele nicht mehr!! Oma ist einfach zu dämlich!!"

Da hatte ich es! Was nützte meine unangefochtene Autorität als Expertin für Pflanzen und Steinzeitwerkzeuge – ich war zu dämlich! Und das stimmte auch noch!

Isabel sprang in die Bresche und rettete den Punkt.
Isabel: „Was hast du hinten am Popo?"
Jonas: „Ein Loch."
Isabel: „Gut, wie ist es darin?"
Jonas: „Dunkel."
Isabel: „Farbe?"
Jonas: „Schwarz."
Isabel: „Beides zusammen?"
Jonas: „Schwarzes Loch!"

So einfach ist das also! Diesmal keine Simpsons, dafür aber sehr anschaulich.

Wie ich den Nachmittag verkraftet habe? Keiner gab mir einen Schokoriegel oder andere Schleckereien …

Ich habe beschlossen, mich an die Simpsons zu *gewöhnen!*

Das schwarze Loch und die Zeit

Flüche

Kürzlich war ich sehr erstaunt, in einem Kriminalroman von Håkan Nesser in einigen Kapiteln wiederholt den Ausspruch „Verdammte Scheiße" zu finden, gerade so beiläufig und untangiert, als sage man: „Schönes Wetter heute", oder: „Schönen Tag noch!"

Meine Großmutter, die in der Zeit des Kaiserreichs preußisch streng erzogen worden war, hätte entsetzt reagiert, denn sie hatte genaue Vorstellungen, wie man sich auszudrücken habe, besser gesagt, wie man sich nicht auszudrücken habe.

Flüche – ganz besonders, wenn sie mit Exkrementen zu tun hatten – standen da ganz obenan auf der Verbotsliste.

Ich fragte mich manchmal, wie sie sich wohl Luft machte, wenn sie zum Beispiel mit dem Hammer anstatt den Nagel ihren eigenen Daumen getroffen hatte. Vermutlich hat sie aber niemals mit einem Hammer hantiert, kannte deshalb auch nicht das befreiende Ventil der verbalen Schmerzbekämpfung.

Eine Alternative bestand darin, den Fluch in den tierischen Bereich zu verlegen: „Mist!" war etwas, das sie gerade noch geduldet hätte. „Verdammter Mist!" allerdings – was zweifellos eine größere Entspannung gebracht hätte – war aber nun wieder wegen ihrer strengen Glaubensvorstellungen nicht haltbar.

Später, als mir in der Schule langsam das Englische und das Französische vertraut wurden, konnte ich genussvoll auf „merde" oder „f… the devil" ausweichen, ohne dass sie Einwände hatte, denn in ihrer Jugend hatten Mädchen selten Zugang zu höherer Bildung.

Was würde sie wohl heute sagen, wenn sie den jugendlichen Jargon hören oder so manchen Fernsehfilm sehen könnte?!

Dass ein guter deutscher Fluch auch ein Freudegefühl auslösen kann, war mir bis zu einem gewissen Alter auch nicht klar.

Nun, dieses Alter war noch nicht zu weit fortgeschritten, aber für sportliche Höchstleistungen in der Regel nicht mehr prädestiniert. Es sollte auch keine Höchstleistung werden, nur das Sportabzeichen.

Früher war ich einmal ganz gut in Leichtathletik gewesen, und jetzt wollte ich es einfach noch einmal wissen.

Gemeinsam mit meinen halbwüchsigen Kindern machte ich mich also auf.

Die meisten Bewerber, die sich auf dem Sportplatz einfanden, waren im besten Hochleistungsalter. Nur zwei unermüdliche Endsechziger mühten sich noch an der Sprunggrube.

Beim 100-Meter-Lauf, der für meine Altersstufe auf 75 Meter reduziert war, tauchte dann aber ein Problem auf: Ich hatte keinen Laufpartner für diese Distanz.

Der Trainingsleiter animierte ein paar Jugendliche, für mich „den Hasen" (das Zugpferd) zu machen, denn ganz allein könne man ja schlecht eine Traumzeit laufen, bemerkte er mit leichtem Augenzwinkern und vielsagendem Lächeln. Nach den Gesichtern zu urteilen, fand man diese Zumutung offensichtlich etwas peinlich.

Dann meldete sich aber doch noch ein Freiwilliger, etwa 16 Jahre alt, nicht unbedingt ein hagerer Typ oder das, was man unter dem Besitzer eines Waschbrettbauchs versteht.

Mit leicht spöttischem Grinsen nahm er die Startblöcke neben mir ein.

Die Startphase klappte bei mir gut, und dann wollte ich es nicht nur wissen, ich wollte es ihnen auch zeigen! Schließlich war ich früher einmal Kreismeisterin im 100-Meter-Lauf gewesen. Mit welcher Zeit, verschweige ich lieber, denn da machen sich meine Nachkommen schon drüber lustig.

Aber eigentlich spielt das ja auch keine Rolle – ich war damals die Schnellste, und das nicht auf einer supermodernen Tartanbahn, sondern auf Asche mit gelegentlichen Bodendellen und ohne Spikes an den Füßen.

So rannte ich auch diesmal um meine Ehre. Dann hörte ich hinter mir (wohlgemerkt, hinter mir!) das Unwort, das meine Großmutter nie geduldet hätte – und das noch in der potenzierten Form: „Verdammte Scheiße!"

Ein Ausruf der Freude für mich, denn ich hatte ihn abgehängt.

Wie oft ich in der darauffolgenden Woche dieses „Wort der Freude" in einem anderen Ton ausgestoßen habe, möchte ich nicht wissen, denn ich hatte einen Fehler gemacht, den jeder Sportler unverzeihlich finden muss: Ich war ohne Vorbereitung gestartet.

Weder aufbauendes Training noch eine Aufwärmphase hatten meine arme Muskulatur hinlänglich vorbereitet.

Der Muskelkater war so schrecklich, dass ich eine Woche lang nur wie eine Ente watscheln konnte und die verbale Schmerzbekämpfung häufig zum Einsatz kam.

Immerhin, das Sportabzeichen hatte ich geschafft und noch dazu gelernt, dass ein Fluch mitunter auch Glücksgefühle auslösen kann.

Naturtalent

In den 1970er-Jahren schwappte eine neue Sportwelle über den Atlantik zu uns herüber: das Windsurfen!

Ich war sofort fasziniert, und es war ein Kinderspiel, unseren ältesten Sohn dafür zu begeistern. Natürlich drängte er mich, ein eigenes Surfboard zu erstehen.

Vor der entscheidenden Anschaffung wollte ich jedoch zuerst einmal ausprobieren, ob ich nicht vielleicht hoffnungslos unbegabt für diesen Sport wäre.

Im Wassersportverein fand sich sehr schnell ein Schüler, der mir für ein geringes Entgelt die Anfangsgrundlagen vermitteln wollte.

Die Theorie mit ihren Fachausdrücken und das Trockentraining an Land verliefen recht vielversprechend. Die Praxis auf dem wackeligen Brett und mit dem großen schweren Segel beunruhigte mich zuerst ein wenig, aber wider Erwarten klappte der Start, und ich kam sogar langsam ins Gleiten. Ich kippte, wie theoretisch gelernt, das Segel nach hinten und nach vorn, drehte ein wenig nach links und rechts (pardon: Backbord und Steuerbord) und fühlte, wenn auch noch etwas beklommen, ein freudiges Kribbeln, vor allem als eine Bekannte mir vom Ufer aus zurief: „Das ist ja großartig! Sie sind ein Naturtalent!"

Das stolze Hochgefühl, das mich daraufhin erfüllte, währte nur kurz, denn mangelnde Aufmerksamkeit stieß mich sehr schnell wieder vom Sockel, oder besser gesagt, das Segel – aufgebläht durch eine kleine Bö – riss mich sekundenschnell auf den Boden des Sees und der Tatsachen.

Mit großer Mühe gelang es mir, das schwere Segel aus dem Wasser zu ziehen und erneut Kurs aufzunehmen. Aus Furcht vor einem erneuten Reinfall versuchte ich keine weiteren Manöver mehr und dümpelte langsam und glücklich weit auf den See hinaus.

Als der Wind nach einiger Zeit auffrischte, wollte ich die Heimfahrt antreten. Die nach den theoretischen Vorübungen geplante Wende sorgte dafür, dass ich erneut Kontakt mit dem Wasser fand.

Jetzt, bei dem stärkeren Wind, war es schon schwieriger, das Segel wieder hochzuziehen, und kaum hatte ich es mit großer Anstrengung geschafft, da schlug der Wind es zur anderen Seite ins Wasser. Ich kämpfte verbissen und wurde dabei immer weiter auf den See hinausgetrieben.

Nach etwa 20 weiteren Versuchen, erneut zu starten, war ich so erschöpft und ziemlich verzweifelt, weil ich immer weiter in den Schilfgürtel des Sees abdriftete.

Ich musste erkennen, dass mein „Naturtalent" lediglich für die geringste Windstärke von 1 bis 2 (die ja bekanntlich bis 12 anwachsen kann) ausreichend war.

Enttäuscht über mein Unvermögen und wütend auf den Schüler, der mich so rücksichtslos im Stich ließ, wollte ich Bord und Segel gerade einfach liegen lassen und schwimmend das Ufer erreichen, als ich endlich ein Ruderboot näher kommen sah.

Na, diesem Schüler wollte ich was erzählen!

Aber es war nicht das Objekt meines Zornes, das sich näherte, sondern mein ältester Sohn.

Erleichtert kletterte ich in das Boot und vertäute das Bord nebst Segel am Heck. Dann wollte ich wissen, warum gerade er kam, um mich abzuholen.

Man hätte ihn am Ufer gefragt: „He, kannste mal die Alte da aus dem Schilf rausfischen?"

Ob sich wohl ein 15-Jähriger in so einem Fall dazu bekennt, dass „die Alte" seine Mutter ist?

Ich habe ihn vorsichtshalber nicht gefragt.

Soap

Bislang wusste ich nur wenig über fleischfressende Pflanzen wie zum Beispiel die Kannenpflanze, die in tropischen Gegenden zu Hause ist. Wie aber so einem armen Insekt zumute sein mag, wenn es, angezogen vom süßen Nektarduft, den Rand der Kanne (einen für diese Zwecke aus Blättern umgebildeten Trichter) betritt und auf der spiegelglatten wächsernen Oberfläche gnadenlos in die Tiefe hinabrutscht, das habe ich in ähnlicher Weise kürzlich selbst erfahren.

Zum Glück warteten auf mich dort unten nicht die todbringenden Verdauungssäfte, die so ein Insekt in kurzer Zeit in seine Bestandteile aufzulösen vermögen, aber das hoffnungslose Gezappel und die vergeblichen Kletterversuche an der gewachsten Wand sind mir nicht fremd.

Ich spreche von meiner kürzlich überstandenen „Soap-Sucht".

Wie schon zu anderen Gelegenheiten hatte meine Enkelin Isabel mich zu einer Vorabendserie im Fernsehen überredet: „Ach, Oma, das musst du angucken, das ist so spannend und toll!"

Nun, ich tat ihr ausnahmsweise – wie ich glaubte – den Gefallen und hatte damit bereits meine Füße auf den „Kannenrand" gesetzt.

Nach zehn Minuten war ich wohl der wächsernen Schicht schon zu nahe gekommen und landete – schwupp – zum Glück nicht in den gefährlichen Verdauungssäften, sondern in grüner, zäher, klebriger Seife: einer Daily Soap oder Seifenoper.

Jeder Versuch in den nächsten Tagen, ganz einfach wieder aus der Kanne hinauszuklettern, wurde durch die rutschige Oberfläche und das grüne Schmiermittel vereitelt.

Eigentlich war die Geschichte, die dort erzählt wurde, ziemlich absurd, und mein besseres Wissen schalt mich, schwach und dumm zu sein, und mahnte mich, meine Zeit besser zu nutzen.

Es war aber nicht nur die Gemeinsamkeit mit Isabel, die mich immer wieder in die Seife abgleiten ließ.

Ich wollte zumindest die Verwandlung der Protagonistin vom hässlichen Entlein zum schönen Schwan miterleben. Natürlich war es gar nicht nachvollziehbar, dass diese junge Frau mit Anfang zwanzig noch eine Zahnspange tragen musste und dann noch ein Brillengestell aus den 70er-Jahren und trotz ihrer offensichtlichen Fettpolster und unattraktiven Kleidung bei einem großen Modeunternehmen eine leitende Stellung innehatte.

Ausgerechnet ein Modeunternehmen!

Da ich mich ein wenig mit dem Börsengeschehen befasst hatte, war es für mich noch weniger verständlich, dass sie offenbar die Aktienmehrheit dieses Unternehmens besaß, obwohl sie aus sehr bescheidenen Verhältnissen stammte. Diese Tatsache ließ sich jedoch nicht mehr klären, weil ich zu spät in die Serie hineingeschliddert war.

Immerhin hatte die Heldin wohl dem Juniorchef früher einmal das Leben gerettet – auch das und auf welche Art musste ich ohne Hinterfragen hinnehmen – und sich dabei unsterblich in ihn verliebt.

Diesen etwas farblosen, eingebildeten Schönling hätte ich niemals auserkoren, wo es doch einen sehr markanten (wenn auch das Böse schlechthin verkörpernden) Halbbruder gab.

Das hätte ich nur Isabel nicht sagen dürfen, denn sie war ganz auf der Seite der romantischen, sich verzehrenden Heldin.

Überhaupt waren die Familien- und Liebesverhältnisse sehr verworren, und die Handlung schwankte zwischen Herz-Schmerz-Melodram, ähnlich einer Rosamunde-Pilcher-Geschichte, Mini-Krimi und verklärten Märchenträumen.

Das alles war mir so eindeutig bewusst, und dennoch saß ich in der Kanne gefangen.

Isabel war längst wieder abgereist, und ich hatte weiterhin jeden Tag mein Rendezvous mit der Soap.

Die Kannenpflanze und die tückische Seife

Da half es auch nichts, dass ich zur Entschuldigung anführte, pünktlich in der Werbepause könnte ich die Börsenkurse studieren. Ich wusste selber genau, dass ich in der Seife festsaß.

Als dann die Kanne zugrunde ging, das heißt die Serie mehr oder weniger zufriedenstellend zu Ende war, konnte ich endlich befreit aufatmen.

Seitdem bin ich trocken, völlig Soap-frei geblieben.

Nächste Woche will mich Isabel wieder besuchen. Ob ich wohl standhaft bleiben kann?

Kreatives Schreiben

Die Frage „*Warum sollten Sie ein kreatives Schreiberlebnis kennengelernt haben?*" machte mich neugierig.

Ich schreibe gern kleine Geschichten, hatte aber bis zu dem Zeitpunkt noch nie darüber nachgedacht, dass man seine *Imaginationskraft aktivieren* muss, damit etwas *Neues entstehen kann*. In der beigefügten Broschüre zu einer Seminarankündigung für „Kreatives Schreiben" lernte ich dann, dass es mehrere Verfahren und Modelle gibt (z. B. das automatische Schreiben, das Meditieren zu inneren Vorstellungen, das „Clustering" und das Schreiben zu künstlerischen Ausdrucksformen, die integriert wurden), die der Imaginationskraft auf die Sprünge helfen.

Unter Clustering, das als typisches Verfahren des kreativen Schreibens angeführt wurde, versteht man (laut Broschüre) die Aktivierung beider Gehirnhälften, auf die Art und Weise, dass sie sich nicht gegenseitig blockieren. Wie das Ganze vor sich gehen soll, wurde leider nicht weiter ausgeführt. Auch hatte ich bislang noch gar nicht bemerkt, dass meine Gehirnhälften bei meinen schriftstellerischen Aktivitäten gegensätzliche Interessen verfolgten.

Demzufolge hatte ich also erheblichen Nachholbedarf und meldete mich zu dem Seminar an.

Eine junge Frau, die sich in ihrer E-Mail-Adresse als „Life Coach" (Lebensbetreuerin?) bezeichnete, führte die kleine Gruppe von Schreibwilligen in die Materie ein.

Als wichtigen Ausgangspunkt für das kreative Schreiben empfahl sie einen „Komposthaufen", auf dem zunächst alle Ideen, Zitate, Bilder, Wörter etc. gesammelt werden sollten.

Da ich eine begeisterte Hobbygärtnerin bin, weiß ich, wie nützlich so ein Haufen ist und wie fruchtbar die Erde wird, die daraus entsteht. Der Haufen überzeugte mich. Jetzt fehlte nur noch das richtige Saatgut!

Auch hierbei hatte sie einen Vorschlag: HAIKUS.

Diese japanische Gedichtform, die streng nach einem Silbenplan konstruiert ist, und zwar:

1. Zeile: 5 Silben,
2. Zeile: 7 Silben,
3. Zeile: 5 Silben,

war für mich Neuland. Allerdings hatte ich mich auch noch nie an Gedichte herangewagt, weil ich glaubte, zum Dichter müsse man geboren sein und könne Dichtkunst nicht erlernen.

Die vorgetragenen Haikus konnten mich auch nicht vom Gegenteil überzeugen.

GRAU
Grauweiße Wände
blicken auf weißes Papier
farbige Wörter!

WEISS
Taschentüchermeer
Arztbefunde, Krankenhaus
wann fällt endlich Schnee?

Nun, wir übten uns ein wenig in der neuen Technik, und manchmal kamen ganz lustige Ergebnisse dabei heraus.

Eine Teilnehmerin hatte allerdings den Punkt 5 der Broschüre zu ernst genommen: *„Die kreative Schreiberfahrung ist nicht nur als individuelles Erlebnis anzusehen, sondern sollte einen Austausch in der Gruppe ermöglichen. So kann der Schreiber ein Feedback erhalten, und ein sozialer Aspekt wird beim kreativen Schreiben berücksichtigt."*

Sie holte ein Manuskript aus ihrer Handtasche und fand trotz vorgerückter Stunde kein Ende bei diesem sozialen Erlebnis.

Um die junge Life-Coach-Frau von meiner Kreativität zu überzeugen (vielleicht auch, weil ich auf ein Lob spekulierte), schickte ich ihr am nächsten Tag eine Mail mit der Bitte, diese nicht zu ernst zu nehmen:

„Verehrte Lehrerin,
bitte helfen Sie mir! Ich bin besessen, infiziert, am Ende!
Ich kann nicht mehr schlafen und nur noch im 5/7-Takt stottern!
Meine Gedanken sind blockiert, mein Lebensmut erschöpft! Die Kreativität droht mich zu erdrosseln!
Dabei hatte alles so gut angefangen. Vor dem Schlafengehen hatte ich meinen kreativen Komposthaufen sorgfältig aufgeschichtet, auch nicht vergessen, immer wieder eine Lage i(r)onisierenden Kalk dazwischenzustreuen, und freute mich schon auf den nächsten Tag, an dem ich meine Gartengeschichte damit düngen wollte.
Kaum hatte ich aber die Augen geschlossen, sah ich, wie eine kleine Kiwipflanze aus dem fruchtbaren Humus hervorbrach, in ungeheurer Schnelligkeit Ranken entwickelte und, ehe ich noch etwas unternehmen konnte, bereits an meinen Beinen bis zum Brustkorb hochgeklettert war. Noch konnte ich die Arme bewegen und versuchte verzweifelt, die Ranken abzureißen.
Es gelang mir nur unvollständig; stattdessen wurden nun auch die Arme erfasst.
Nicht nur an Länge nahmen die Ausläufer zu, in Kürze entwickelten sie sich zu armdicken Lianen, die mich wie die Würgeschlangen bei Laokoon und seinen Söhnen zu ersticken drohten.
Ich bin ziemlich stark, zumindest was die Muskelkräfte betrifft, aber hier war ich völlig gelähmt und machtlos. In panischer Angst vor der Kreativitätsattacke suchte ich in meinem Kopf nach einem Ausweg.
Ein Geistesblitz rettete mir das Leben: Pythagoras!!
Mit seiner scharfsinnigen Logik: $a^2 + b^2 = c^2$ (Abrakadabra), konnte ich das Lianengestrüpp durchschneiden. Schweißgebadet, aber erlöst wachte ich auf.

Leider hatte ich mich zu früh gefreut, denn, wahrscheinlich inspiriert durch das kreative Gewächs, tauchten nun neue Geister in meinem Bewusstsein auf: HAIKUS!

Vor einiger Zeit hätte ich bei einem „Millionärs-Quiz" diesen Begriff eher der Lösung „japanisches Reisgericht mit Miesmuscheln" zugeordnet. Ein Fehler, wie ich inzwischen weiß, denn ich habe gelernt, dass es sich um eine literarische Form handelt, die im Silbenrhythmus 5/7/5 arbeitet und hervorragend geeignet ist, als disziplinierende Übung bei Schreibwilligen Kreativität hervorzurufen.

Was aber geschieht, wenn die Haikus völlig die Herrschaft übernehmen?

Zuerst waren es wenige, und ich spielte mit ihnen viele Möglichkeiten durch. Heimtückischerweise sorgten sie aber unaufhörlich für Nachschub. Ich weiß nicht, ob sie sich direkt in meinen kleinen grauen Zellen vermehrten oder aus dem kreativen Komposthaufen einwanderten. Auf jeden Fall wurden es immer mehr: Hunderte … Tausende …!

Ich fühlte mich wie der berühmte Zauberlehrling. Der hatte es allerdings nur mit Wasserkübeln zu tun, während ich von einem Haiku-Tsunami davongespült zu werden drohte.

Mein vorheriger Retter, Pythagoras, war nicht mehr zu erreichen, denn die Haikus hatten sich perfiderweise als dichte Mauer um das Mathematikareal gedrängt und alle Synapsen blockiert.

Bei meinen Versuchen, die Haikus zu unterdrücken, habe ich sie virtuell gekocht, gebraten und gebacken, bei 800 Umdrehungen in der Waschmaschine geschleudert – sie haben alles überlebt! Selbst das Ertränken in Rotwein (die Methode, die ich am liebsten angewendet habe) war aussichtslos. Auch ein Vollrausch konnte ihnen nichts anhaben.

Mittlerweile klettert die Zahl in die Millionen! Die Haikus umkreisen mein Bewusstsein wie das Heer der Pilger die Kaaba in Mekka. Bald wird der Platz nicht mehr reichen.

Ich habe Angst, dass meine Hirnhaut aufreißt wie die Oberhaut eines Bovistes, wenn die Spannung zu groß ist. Ähnlich wie die Sporen des Bovistes, die nur einen hohlen Fruchtkörper zurücklassen, werden die Haikus dann in alle Himmelsrichtungen stäuben und mich ausgehöhlt zurücklassen …

Bitte, haben Sie ein Einsehen, dass es nicht so weit kommen darf! Ich möchte nicht als Bovist enden!

Bitte schicken Sie mir ein Gegenmittel!!

Oder kennen Sie die Adresse eines Exorzisten?

Ich hoffe auf Ihre Hilfe und grüße Sie."

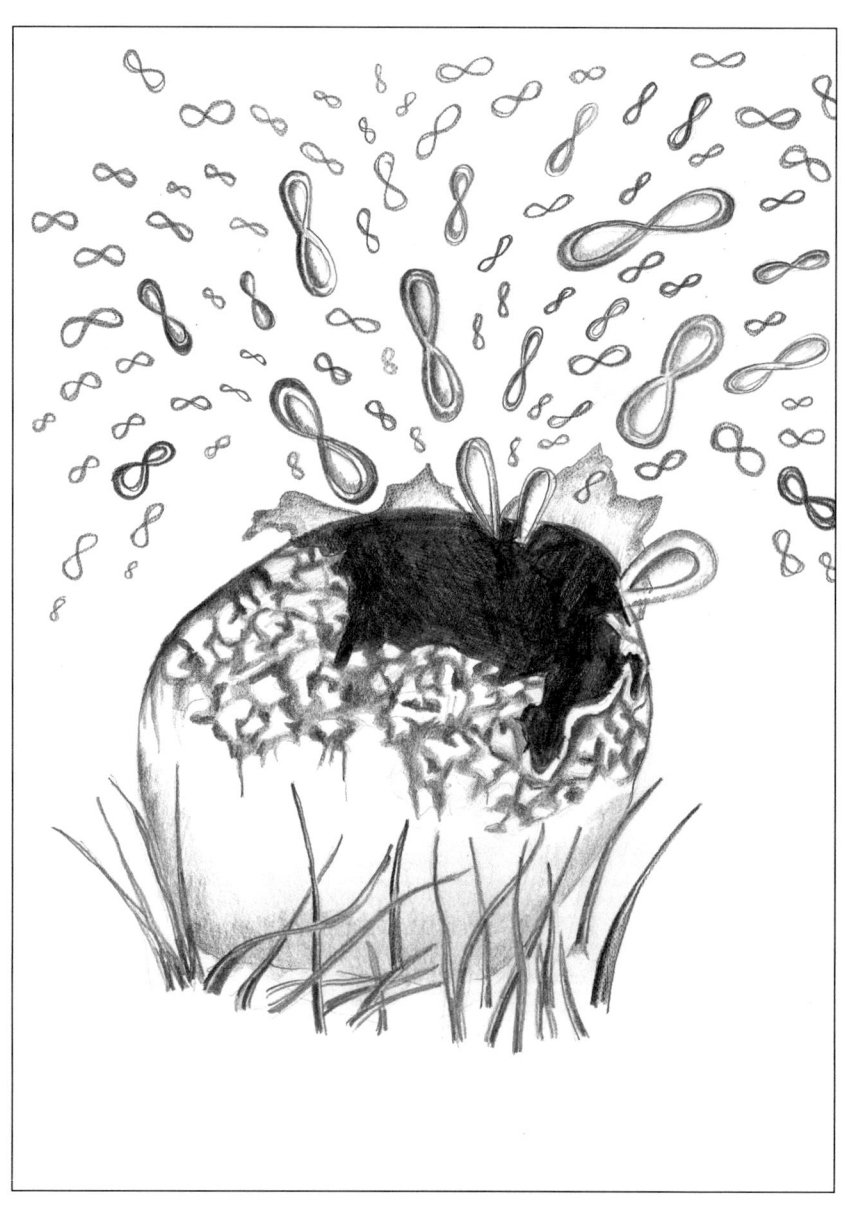

Der Bovist und die Sprengkraft der Haikus

Die kreative Antwort kam rasch:
"Danke für Ihre aufregende Nachricht, die ich mit Spannung gelesen habe. Einen Haiku-Tsunami haben Sie hinter sich. Es ist vorbei. Sie sind die Herrin in Ihrem Haus. Schicken Sie die Geister, die Sie riefen, vielleicht mit einem vorerst letzten Dreizeiler zurück:
575 = Quersumme 17 = 8, also ab ins Unendliche."

Dass sie auch die Mathematik in Form der liegenden unendlichen 8 mit einbezog, gefiel mir sehr. Ich vermisste nur das „soziale Feedback" meines „kreativen" Briefes, denn ich hatte doch wohl tüchtig dazugelernt, oder etwa nicht?

Brainstorming

Zu besonderen Anlässen sind Festreden in unserer Familie sehr beliebt, und dieses Mal, zur goldenen Hochzeit meiner älteren Schwester, ist das Los des Familienrates auf mich gefallen, eine Aufgabe, die mich verunsichert und in Atem hält.

Im Allgemeinen zitiert man zu so einem Anlass gern Fritz Reuter und seinen abgewandelten Ausspruch von den „fiftig Johr und der korten Spann, wenn ein sich kiekt von achtern an", aber ich will nicht die Vergangenheit heraufbeschwören, sondern denke eher an etwas Allgemeingültiges, an eine Ehrung sublimerer Art, so in Richtung Allegorie, metapherntrchtiges Schwelgen, mit einem Wort: etwas „Hochgeistiges"!

Aber wie erreicht man das nur?

Nun, als moderner Mensch bemüht man ganz einfach das „Brainstorming".

Da haben wir auf der einen Seite das symbolträchtige Gold, auf der anderen das schicksalsträchtige Eheleben. Man sucht nach geschickten Verknüpfungen der beiden Ausgangspunkte, und schon hat man die Lösung – sagt man …

Bei mir gibt es da erhebliche Probleme. Entweder hat mein Brain in den falschen Gefilden gestormt oder ich bin einfach eine zwar ambitionierte, aber unfähige Stormerin.

Nehmen wir zum Beispiel die gern benutzte Fundgrube der Sprichwörter: *„Reden ist Silber, Schweigen ist Gold"* … in einer Ehe bestimmt oft sehr nützlich, besonders wenn die Nerven durch endloses stereotypes Wiederholen von Redewendungen zu schlappen, kraftlosen Strippen zu degenerieren drohen. Aber 50 Jahre Schweigen?? Da müsste man ja fast schon sagen: *„Es ist nicht alles Gold, was glänzt."* Oje, bloß schnell weiter – das könnte zu Fehlinterpretationen führen und passt ja nun überhaupt nicht zum Thema!

Dann doch lieber gleich weiter zur nächsten Quelle: Märchen! Was gibt es denn da?

„Tischlein deck dich, Goldesel streck dich, Knüppel aus dem Sack" – „Tischlein deck dich" würde hervorragend zu der Hochzeitstafel passen, der Goldesel ließe sich bestimmt auch unterbringen, nur den Knüppel und den Sack fände man vielleicht (obwohl nach moderner Interpretation durchaus gängig) zu shocking im Zusammenhang mit dem Eheleben.

Dann doch lieber *„Goldmarie und Pechmarie"*? Doch findet man da Parallelen?

Was stormt das Brain denn sonst noch so? Die goldene Kugel vom „Froschkönig"!

Eigentlich ist das ja eher eine Vorehegeschichte, die mich im Übrigen schon immer ungeheuer geärgert hat. Warum kriegt diese undankbare Prinzessin-Zicke einen so schönen Prinzen, obwohl sie nur auf Druck des Vaters ihre Versprechen einlöst und den Frosch dann auch noch an die Wand schmettert?! An die Wand schmettern wäre vielleicht ein Ehemotiv – sozusagen als Komplementärreaktion zum resignierenden Schweigen …

Das würde aber die festliche Stimmung der Feier nicht gerade zum Höhepunkt bringen, und außerdem ist das Märchen, wie gesagt, eine Vorehegeschichte, denn die Fortsetzung folgt ja erst noch. Wie heißt es doch immer? „Und sie lebten glücklich und zufrieden bis an ihr Ende." Diese Floskel wäre natürlich eine sehr positive Sichtweise und nicht in der Art, wie unsere Tochter Annette ihr selbst erfundenes Märchen beendete: „Sie lebten unglücklich, aber gesund."

Also, die Märchen bringen auch nicht so recht eine Hilfe. Stormen wir also weiter: Wo gibt es noch Gold?

Als Hobbygärtnerin fällt mir natürlich gleich „Goldlack", „Goldrute", „Goldregen" ein.

Goldlack … die duftende Frühlingsblume – schön, sinnlich, vermehrungsfreudig – kein schlechtes Vorbild für eine Ehe, wenn da nicht diese vermaledeite zweite Silbe wäre: „Lack" … „der Lack ist ab" … schade, aber beim Brainstorming muss man für alles offen sein!

Also lassen wir die Frühlingsblume lieber weiter in Ruhe blühen.

Bei der „Goldrute" höre ich meine Töchter schon wieder schreien: „Mama, du hast eine verdorbene Fantasie!"

Und der „Goldregen"? Vielleicht ein Sinnbild für Reichtum und Schönheit, vermehrt sich so reichlich, dass man glauben möchte, eine überirdische Macht habe da die Hand im Spiel. Göttliche Kraft? War da nicht etwas mit Zeus und Danae?

Ach ja, Zeus nahte sich ihr in Form eines Goldregens und zeugte dabei, ich weiß nicht mehr wen. War damit der Baum gemeint oder ein richtiger Regen aus Goldstaub??

Wie dem auch sei, mit beiden Versionen hatte ich schon immer große Schwierigkeiten, mir den anatomischen Vorgang vorzustellen – aber schließlich war er ja ein Gott, da klappt das eben.

„Hallo", sagte das Brain, „vielleicht ist jetzt eine gute Gelegenheit, das Göttliche in die Ehegeschichte zu bringen?" Nun, vielleicht nicht gerade das Göttliche – das „himmlische Vergnügen" im Hinblick auf Zeus und den Goldregen wäre aber eine Option. Also vormerken!

Die Flora war also wenigstens ein wenig hilfreich, mal sehen, was die Fauna zu bieten hat: „Goldhamster", „Goldfasan", „Goldammer" …

Vögel sind nicht nur wegen ihres Gattungsbegriffs als Symbole für Balz, Nestbau, Brutpflege prädestiniert – mit einem Wort: Gemeinsamkeit.

Was aber passiert nach der kräftezehrenden Schufterei im Frühling und Sommer, wenn die Jungen immer nur den Schnabel aufsperren, pausenlos bewacht werden müssen und die Eltern an die Grenzen der Belastbarkeit gebracht werden?

Die Jungen machen sich davon und, bis auf sehr wenige Ausnahmen, auch die Alten – getrennt.

Also auch hier nichts mit langem erfüllten Eheleben, eher eine zweckgebundene Beziehungskiste.

Schwierig, schwierig mit den Allegorien! So viel Gold und doch keine Goldgrube!

Apropos Grube: Da wären ja noch das Goldfieber, der Goldrausch, die Goldader – der Wilde Westen also … auch nicht so recht zu gebrauchen, zu kriminell für eine Ehe!

Den richtigen Biss hat das alles noch nicht, den geistigen Kick, das Golden Goal, den goldenen Schuss … Drogen?? Ehe als Droge?

Zuerst der Rausch, dann langsame Gewöhnung, ab und an ein Horrortrip, doch meistens high oder stoned? Nein, das trifft es auch nicht!

Oh Brain, lass mich nicht im Stich!! Ich würde sogar in Kauf nehmen, dass sich das Storming zum Hurricaning auswächst! Was für ein Reinfall!!

Ich fürchte, ich muss meine hohen Ziele zurückschrauben und doch zu Fritz Reuter zurückkehren. Oder sollte ich mir vielleicht Hilfe bei einem „Life Coach" holen?

Rentner-Beige

Susanne und Günter sind ein sehr ungleiches Paar. Während Günter schon durch seinen Beruf als Ingenieur zu Sachlichkeit und präzisem Handeln neigt und mehr die praktischen Aspekte im Auge hat, ist bei Susanne, die die Malerei seit etlichen Jahren ernsthaft betreibt, das Künstlerische, Ästhetische, vielleicht auch Romantische vorherrschend.

Günter liebt Ordnung und praktiziert sie auch. Beim Anblick seiner Garage und seines Werkzeugkellers habe ich beschlossen, beim nächsten Besuch der beiden bei mir ganz schnell das Garagentor zu verschließen und den Werkzeugkasten zu verstecken.

Da Künstlertum und Kreativität dem Chaos oft näher sind als der Ordnung, kann man sich vorstellen, dass im täglichen Leben von beiden Partnern unterschiedliche Prioritäten gesetzt werden, was mitunter zu heftigen Auseinandersetzungen führen kann.

In einen dieser Prioritäten-Wettstreite wurde ich, ohne es zu wollen, einbezogen.

Es ging um einen Sessel.

Mit leuchtenden Augen und offensichtlichem Stolz präsentierte mir Günter sein „gutes Stück", das er sich selber zum Geburtstag geschenkt hatte: einen Fernsehsessel, der mit allen Raffinessen der modernen Sitztechnik ausgerüstet war. Man konnte an ein paar Hebeln ziehen oder Knöpfe drücken, und schon veränderten sich Lage, Sitzhaltung, Höhe, Armlehnen, Kopf- oder Fußstütze – alles, was man nur wollte.

Ich sollte natürlich den Komfort gleich ausprobieren und fand das „gute Stück" wirklich außerordentlich bequem. Da auch ich bei der Bequemlichkeit Prioritäten setze, hätte mich das etwas büromöbelhafte Aussehen mit dem verchromten Fuß, der sich am Boden zu vier Armen spreizte, nur wenig gestört.

Susanne, die etwas später ins Zimmer kam, sah das ganz anders: „Was sagst du nur zu diesem Ungetüm? Ist es nicht schrecklich? So etwas Scheußliches muss ich nun in meinem Wohnzimmer dulden! Eine Beleidigung für meine Augen! Dieser hässliche Fuß! Diese plumpen Armlehnen! Und dann dieser Stoff! Diese Farbe! Rentner-Beige!!" …

Die Litanei wurde noch fortgesetzt, aber ich war zu irritiert, um weiter zuzuhören. Hatte ich richtig verstanden? RENTNER-BEIGE? Seit wann ordnete man Farben einem bestimmten Lebensalter zu? Ich hatte schon von Synästhesie gehört, bei der einige Personen Töne hören, wenn sie eine bestimmte Farbe sehen, oder auch umgekehrt. Aber RENTNER-BEIGE?

Das war ja fast schon ein wenig rassistisch. Vielleicht hätte mich der Ausdruck nicht so empört, wenn er nicht mit so einem verächtlichen Unterton gesprochen worden wäre und – wenn ich nicht gerade in dem Augenblick eine Hose genau in dem Farbton des Sessels getragen hätte …

Es war eine sehr schöne Hose, ein Fabrikat sogar mit Logo, und sie war unglaublich bequem. Außerdem war sie so günstig geschnitten, dass ein kleiner Bauchansatz fabelhaft kaschiert wurde.

Was nützte nun das Kaschieren? Was nützten die monatlichen nicht gerade billigen Friseurbesuche, die halfen, meine Haarfarbe zu verjüngen, wenn ich anhand meiner Hosenfarbe so gnadenlos entlarvt wurde?!

Zugegeben, ich bin im Rentenalter, aber muss das jeder gleich auf den ersten Blick wissen?

Welche Frau möchte da nicht ein bisschen mogeln?!

Auf dem Weg ins Stadtzentrum versuchte ich die Aussage etwas zu relativieren. Susanne war schließlich Malerin, und da dachte man eben in Rosa-Blau-Perioden.

Die neue Jeans überzeugte mit einem strahlenden Blau, die Bequemlichkeit ließ allerdings im Schritt etwas zu wünschen übrig. Die Verkäuferin meinte, das liefe sich ein. Ich hoffte, die Hose würde es nicht tun. Auf dem Heimweg begann ich meine Eitelkeit ein wenig zu bereuen.

Günter empfing mich an der Gartenpforte, diesmal mit triumphierendem Blick und einem spitzbübischen Gesichtsausdruck: „Ich muss dir etwas zeigen, lass uns leise zur Terrasse gehen." Durch die Fensterscheibe zeigte sich mir etwas Erstaunliches: Auf dem ach so geschmähten RENTNER-BEIGEN „Scheusal" von Fernsehsessel lag Susanne friedlich und völlig entspannt in tiefem Schlaf!

Muss ich noch erwähnen, dass ich wieder RENTNER-BEIGE trage?

Kampf den Anglizismen?

Mit der Tageszeitung kam die Broschüre „Sprachnachrichten" ins Haus mit einer vorbereiteten Beitrittserklärung zum Verein der Deutschen Sprache und etlichen Abhandlungen zum Thema: Schutz der deutschen Sprache, Kampf den Anglizismen.

Um es vorauszuschicken: Ich liebe Vereine nicht, dagegen liebe ich die deutsche Sprache und kann mich immer wieder begeistern an Dichterworten wie: „Gelassen stieg die Nacht an Land" oder „schien der Opal des Himmels gar wundersam …" – um nur zwei Beispiele zu nennen.

Was ich allerdings in der Broschüre lesen musste, hat mich sehr erstaunt. Es wird beklagt, dass Anglizismen gleich einem Tsunami die deutsche Sprache überrollen und bedrohliche Zerstörungen anrichten, ja sogar ihren Fortbestand gefährden. Es wird zum Kampf gegen die englisch-amerikanischen Fremdwörter aufgerufen mit der Begründung, 70 Prozent der deutschen Sprachteilnehmer seien durch sie von der zwischenmenschlichen Verständigung „ausgegrenzt". Als Beispiel dient der Begriff „Sale".

Nun gut, einige Mitbürger werden sich zunächst ärgern, dass ihnen der Schlussverkauf mit seinen Schnäppchen aufgrund ihrer mangelnden Sprachkenntnisse durch die Lappen gegangen ist. Vielleicht sind sie aber dafür beim nächsten Mal gewitzter und haben inzwischen eine Vokabel gelernt.

Irgendwo habe ich gelesen, dass das menschliche Gehirn zu etwa 30 Prozent freie, ungenutzte Kapazitäten hat. Warum sollte dieser Speicher nicht mit Vokabeln gefüllt werden?

Neulich hörte ich, wie ein kleiner Junge beim Anblick eines Hinweisschildes seine Mutter fragte: „Was heißt eigentlich ‚City'?" Die Mutter gehörte offensichtlich nicht zu den 70 Prozent „Ausgegrenzten", denn sie erklärte es ihrem Kind genau und fügte sogar noch zur

Ergänzung „City Airport" hinzu. Damit hatte das Kind ganz beiläufig schon zwei Hilfen für spätere Lernprozesse erhalten und wird in jeder europäischen Großstadt mühelos das Stadtzentrum finden können.

Fast rassistisch mutet die einseitige Verteufelung der Anglizismen an, denn in einem anderen Artikel benutzt ein Autor viele Ausdrücke wie: Vernakular-Idiom, Apokope, Suffixe, Präfixe, Lexem etc., die allenfalls Altphilologen, Germanisten und humanistisch gebildeten Personen geläufig sein werden und damit nach meiner Schätzung 98 Prozent der Bevölkerung vom Verständnis ausgrenzen. Wer bläst hier die Trompete zum Kampf?

Sogar mein sehr hilfreiches Rechtschreibprogramm am Computer kennt sich bei diesen Begriffen nicht aus und unterstreicht sie rot, wie es das immer tut, wenn ich einen Fehler gemacht habe oder das Wort nicht im Register enthalten ist. Manchmal unterstreicht es auch ein Wort grün. Früher habe ich immer gedacht, man wäre sich in den verschiedenen Bundesländern nicht ganz über die richtige Schreibweise einig, inzwischen weiß ich aber, dass es sich dann um Leerstellen-Fehler bei der Interpunktion handelt.

Angenommen, ein guter Informatiker würde dieses Programm so umschreiben, dass alle gängigen Worte nach ihrer Herkunft unterstrichen würden, z. B. die mit lateinischen Vorfahren rot, die mit griechischen grün und alle, die den Umweg über Frankreich oder England gewählt haben, gelb. Das verbleibende Schwarz würde meiner Vermutung nach ein ziemliches Mauerblümchendasein fristen, ganz besonders, wenn man einen wissenschaftlichen Text – etwa einen medizinischen – nimmt.

Die Sprache hat das alles wunderbar verkraftet und ist trotz der Fremd-Invasionen nicht gestorben. Im Gegenteil! Die Ausdrucksmöglichkeiten sind vielfältiger geworden, die Kommunikation präziser.

Nun, ich räume ein, dass diese Einflüsse sich über einen längeren Zeitraum erstreckt haben (über kirchliche, wissenschaftliche, kulturelle, ja sogar kulinarische Kanäle) und die heutige Entwicklung geradezu rasant vor sich geht. Doch wen wundert das?

Zur Zeit des Andreas Gryphius, dessen abgedrucktes Gedicht als Beispiel für „schönes Deutsch" angeführt wird, brauchte man für eine Fahrt von München nach Hamburg mit der Postkutsche vermutlich zwei Wochen, heute schafft es ein Flugzeug in weniger als zwei Stunden.

So sehr ich das „schöne Deutsch" von Andreas Gryphius schätze, kann ich mir nicht vorstellen, dass er heute noch so schreiben würde. Jede Zeit hat eine andere Sprache und die heutige benutzt eben viele englische Ausdrücke, weil die neuesten technischen Entwicklungen aus dem englischen Sprachraum stammen und man sich knapp und international verständigen kann. Die wissenschaftliche Kommunikation findet nicht mehr wie in Vorzeiten im Lateinischen, sondern im Englischen statt.

Dass im täglichen Leben mit den Anglizismen oft über das Ziel hinausgeschossen wird, liegt meiner Ansicht nach an der Modehörigkeit und oft auch dem Profilierungstrieb Einzelner. Warum lassen wir diese nicht einfach weiter „denglischen", ohne uns aufzuregen? Sie „outen" sich ja zur Genüge damit, wes Geistes Kind sie sind. Niemand wird gezwungen, diese Exzesse mitzumachen.

Eigentlich müsste man bei diesem „Denglisch" nicht die deutsche Sprache, sondern die englische zu retten versuchen, denn was ihr zuweilen angetan wird, grenzt schon an Genmanipulation. Da wird ge-outet, ab-ge-törnt, ge-chillt, out-ge-sourced usw.

Ohne Rücksicht auf das Original wird nach deutscher Manier konjugiert, dekliniert oder munter zusammengefügt.

Die Vergangenheit lehrt uns, dass sich jede Mode mit der Zeit totläuft. Welcher Jugendliche kennt heute zum Beispiel noch den Begriff „steiler Zahn" (attraktives weibliches Wesen), der in den 1950er-Jahren Furore machte und heute seltsamerweise zur „Schnitte" mutiert ist?

Auch ein Wandel der Bedeutung eines Wortes lässt sich mitunter feststellen. Hätte man zum Beispiel vor 100 Jahren jemanden als „geil" oder gar „geilen Bock" bezeichnet, hätte man mit Sicherheit eine Anzeige wegen Beleidigung riskiert. Wenn ich heutzutage einem Jugendlichen, der seine Haarpracht zur Hälfte abrasiert hat, während die andere Hälfte als weiß gesträhnte schwarze Locke das räumliche Sehen arg behindert, ein Kompliment über seine „geile" Frisur mache, wird er mir zwar nicht freudig dafür danken (denn das wäre „uncool"), aber zumindest zufrieden grinsen.

Vieles an Übertreibungen wird von allein verschwinden, Nützliches wird bleiben, die Sprache sich laufend verändern, weil sie von lebendigen Menschen gesprochen wird, die ihre Erfahrungen, ihre Fantasie, ihre Kreativität, ihre Neugier und vieles andere einbringen.

Ich glaube nicht, dass man mit Verboten oder Diskriminierungen ihren Weg beeinflussen kann.

Nutzen wir deshalb lieber die Vorteile und die Vielfalt der Eselsbrücken, die sich aus dem Angebot an Anglizismen ergeben!

Ich persönlich wünschte mir, dass eine ähnliche Welle aus dem slawischen Sprachraum über die deutsche Sprache hereinbrechen würde, denn 30 Prozent unserer Hirnspeicher sind ja noch ungenutzt, und wie schön wäre es, wenn man sich auch dort – selbst nur radebrechend – verständigen könnte!

Regenwald

Seit meiner Schulzeit war eines meiner Traumziele der tropische Regenwald, aber erst nachdem unser erstes Enkelkind geboren war, konnte ich meinen Mann für dieses Abenteuer gewinnen.

Dieses Abenteuer hieß „Rara Avis" im Braulio-Nationalpark in Costa Rica.

Die wesentlichsten Voraussetzungen, laut Prospekt, waren Gummistiefel und gute Kondition.

Von den Wanderwegen, sogenannten „Trails", auf denen man die etwa 15 Kilometer lange Strecke bis zur „Waterhouse Lodge" zurücklegen konnte, wurde Regenwaldneulingen abgeraten. So ließen wir uns auf einen großen offenen Anhänger verfrachten, der von einem nicht besonders robust wirkenden Traktor gezogen wurde.

Wir, das waren etwa 20 aufgeregte Neulinge – die meisten davon Amerikaner, ein paar Spanier und noch ein deutsches Ehepaar, Herbert und Eva, begeisterte Vogelbeobachter.

Zunächst zockelte der Traktor über offenes Land, abgeholzt für Weideflächen, jetzt öde und verlassen, von Erosion bedroht, wie uns Herbert ausführlich erklärte (er war pensionierter Lehrer) – auf Englisch natürlich, damit alle es verstehen konnten. Dass er später mit uns auch nur Englisch sprach, war gewöhnungsbedürftig.

Zunächst regnete es nicht. Der lehmige Boden war aber stark durchweicht und der Weg mit tiefen schlammigen Löchern versehen, die sich mehrten, je näher man der dichten Vegetation kam. Gerade als alle mit begeisterten Ausrufen die üppige Pflanzenpracht bewunderten, versackte unser gutes Gefährt in einem großen Schlammloch. Nun hieß es aussteigen, Knüppel holen, schieben – die erste Bewährungsprobe für Gummistiefel und Kondition. Bei etwa 95 Prozent Luftfeuchtigkeit und Temperaturen um 30 Grad nicht gerade ein Osterspaziergang. Um ähnlichen Schwierigkeiten vorzubeugen, empfahl man uns, zu

Fuß weiterzugehen. Das Wort „gehen" entpuppte sich jedoch als Euphemismus. Stapfen, rutschen, schlittern wären treffendere Ausdrücke, denn die Schlammlöcher reihten sich immer mehr aneinander. Auf dem seifigen Untergrund lag man des Öfteren auf dem Bauch oder landete auf dem Gegenpol.

Nach etwa drei Stunden hatten alle das Ziel erreicht: total erschöpft, total verdreckt und – darüber war man sich einig – total glücklich!

Von der folgenden Nacht in dem winzigen Kämmerchen (eher Holzverschlag), dessen Fenster nur mit Fliegendraht versehen waren, kann ich nicht berichten, ohne mich als erbärmlichen Angsthasen zu präsentieren. Es raschelte und knisterte an allen Ecken. (Schlangen? Ratten? Vogelspinnen?) Schaurige Rufe ertönten aus der Ferne, noch unheimlichere aus der Nähe. Dass ich trotz allem eingeschlafen bin, verdanke ich der Ruhe und Gelassenheit meines Mannes, der nach fünf Minuten dem geräuschvollen Treiben da draußen Konkurrenz machte.

Am nächsten Morgen sahen wir Herbert und Eva ganz aus dem Häuschen. „Ein Tukan, ein Tukan, sehen Sie nur, ein Tukan" – diesmal sogar auf Deutsch! Tatsächlich, da saß er in aller Farbenpracht gar nicht so weit entfernt auf einem Urwaldbaum. Sein großer gelber Schnabel leuchtete in der Sonne. Ein schönes Tier. Ich konnte die Begeisterung verstehen. Als dann aber Jack, einer der amerikanischen Biologiestudenten, die hier die Urwaldführungen machten, sich mit einem gegen den Boden geöffneten Regenschirm näherte, liefen mir bereits wieder Schauer über den Rücken.

Zwischen den Stäben des Schirms wand sich eine rote Korallenschlange, eine der giftigsten Schlangen dieser Gegend. Jack hatte überhaupt keine Angst, er ärgerte sie sogar noch mit einem Stock. Nun, er war Biologe, er kannte sich aus, ich suchte lieber das Weite.

Jack war es auch, der uns anschließend auf einem schmalen Trail tief in den Urwald hineinführte und uns über viele Besonderheiten belehrte (meistens von Herbert ergänzt).

Meine Vorstellungen vom Regenwald wurden von der Wirklichkeit weit übertroffen. Das üppige Pflanzengewirr reichte vom Boden bis in gewaltige Höhen. Auch die einzelnen Pflanzen waren gewaltig. Farne spreizten ihre Wedel in fünf Meter Höhe, mit Moos bewachsene Lianen verflochten sich zu einem gigantischen Netz, Bromelien, Guzmanien und andere Aufsitzerpflanzen bedeckten die Äste der Urwaldriesen und nutzten jeden freien Platz. Alles, was bei uns mühsam im Topf gezogen wird, fand sich hier in einer Größe und Üppigkeit, dass man nur staunen konnte.

Punkt elf Uhr am Vormittag begann es zu regnen. Wieder ein Euphemismus! Es regnete nicht nach europäischen Maßstäben, es goss, es pladderte, als stünde man unter einem Wasserfall.

In Kürze war die leichte Regenjacke ein feuchter Lappen. Das Wasser lief am Kragen hinein, suchte sich, einem Sturzbach ähnlich, seinen Weg am Körper und landete dann in den Gummistiefeln. Eine Brille zu tragen war hoffnungslos, von allen Seiten spritzte und platschte es, selbst ohne Brille war man halb blind.

Wie schon bei der Behandlung der Schlange war Jack unerschrocken. Geduldig erklärte er uns die Prozession der Blattschneideameisen, die mit ihrer Last auf dem Kopf ihrem Bau zustrebten, um dort ihre als Haustiere gehaltenen Pilze damit zu füttern. Weder die Ameisen noch Jack schienen durch den Regen irritiert.

So elementar die Wassermassen auch herniederprasselten, sie hatten den großen Vorteil, sie waren angenehm warm. Ich verinnerlichte, wenn auch halb blind, ein unauslöschliches Regenwaldgefühl.

Der Wolkenbruch hörte so schlagartig auf, wie er eingesetzt hatte. Jetzt konnte ich endlich einem lang unterdrückten Bedürfnis nachgeben und mich ein wenig in das Dickicht zurückziehen. Kaum hatte ich mich erleichtert wieder aufgerichtet, wurde ich schlagartig von der

Kaninchenstarre befallen: Keine zwei Meter von meinem Standort entfernt rutschte sie fast lautlos über den Waldboden, armdick, meterlang, eine Riesenschlange!!!

Eigentlich sah ich nur – und das zum Glück – ihr Schwanzende, aber das war auch schon mindestens einen Meter lang und genug, meinen Adrenalinspiegel sprunghaft ansteigen zu lassen.

Meine Starre währte nur einige Sekunden, dann stürzte ich in wilder Panik zu der Gruppe zurück. Jack und Herbert waren ganz aufgeregt und suchten sofort die Gegend ab, aber die Schlange war nicht mehr aufzufinden.

Aufgrund meines blutleeren Gesichts und meiner offensichtlichen Verstörung glaubte man mir aber das Erlebnis, und ich musste immer wieder Größe und Bewegung des Tieres beschreiben, wobei die Schlange jedes Mal ein bisschen länger und meine Panikattacke ein wenig kürzer wurde.

El lindo Sarapiqui

Nach diesen heftigen emotionalen und körperlichen Anstrengungen bedurfte es einer Ruhepause, und die fand sich am „lindo Sarapiqui". Lindo heißt auf Spanisch schön, aber wie die Einheimischen es aussprechen – mit einem hellen i und einem gesungenen n – schwingt darin so viel Zärtlichkeit wie in einem Liebesgedicht.

Er war „lindo", der Sarapiqui, als wir mit einem von „Noël" gesteuerten schmalen Motorboot am Ufer entlangtuckerten. Brüllaffen ließen ihr schauriges Geheul von den Bäumen am Ufer hören. Herbert, der Vogelfreund, hätte seine Freude an der Vielfalt der Vögel gehabt. Von den ärmlichen Behausungen am Ufer winkten uns Kinder lachend und wild gestikulierend zu.

Außer Noël war noch ein Pärchen an Bord, das aber so mit sich selbst beschäftigt war, dass man förmlich das Knistern ihrer Blicke hören konnte.

Der „lindo Sarapiqui" mündete in den breiten Rio San Juan. Von dort sollte es dann über den Rio Colorado nach Tortuguero an die Karibikküste gehen.

„Schlammig-schleimiger Limpopofluss", ging es mir durch den Kopf, was ich einmal in einer Tiergeschichte gelesen hatte. Lehmigbraun und träge wälzte sich das Wasser voran. An den Ufern hatten sich Schlammbänke abgelagert, auf denen Kormorane und andere Vögel Spalier standen. Plötzlich jedoch setzte sich eine Schlammbank in Bewegung. Noël steuerte ein wenig dichter heran. Meine Haare wurden elektrisch: ein riesiges Krokodil!

Mein Hasenherz sah schon das Boot kentern, das Krokodil seine leichte Beute wittern – würde ich es bis zum Ufer schaffen?

Das Pärchen zeigte sich unbeeindruckt und ließ es weiter knistern.

Das war nicht die einzige Aufregung am Rio San Juan, denn der Fluss bildet die Grenze zu Nicaragua. Es war Vorschrift, den Grenzposten anzulaufen. Damals hatte man schreckliche Dinge von den sandinistischen Machthabern gehört: Entführungen, kurzen Prozess etc.

Der Kontrollposten – eher ein primitiver Bretterverschlag – wirkte mit dem Maschinengewehr und den martialisch ausgerüsteten und blickenden Soldaten nicht gerade beruhigend.

Mit weichen Knien stiegen wir die wackelige Holztreppe hinauf. Beim Anblick unserer Pässe geschah jedoch ein unerwartetes Wunder. „Alemanes!" (Deutsche!) Ein breites, gar nicht unfreundliches Lachen verwandelte die Gesichter, wobei der ältere von den beiden eine riesige Zahnlücke im Oberkiefer entblößte. Heftiges Händeschütteln. Ich hatte Mühe, meine Hand wieder von dem Zahnlückenbesitzer zu lösen. Woher? Wohin? Radebrechend auf Spanisch, zum Schluss „buen viaje" – gute Reise! Erneutes breites Lachen. Ich durfte sogar die Grenzhütte fotografieren, die Hüter leider nicht.

Gretchentanz

In Tortuguero erwartete uns eine muntere Gesellschaft amerikanischer Studenten und „Armando", der Fremdenführer und Lehrer aus San José, den man kurzerhand und ohne Skrupel in „Mandy" umgetauft hatte.

Mandy war bemüht, uns die Schönheiten des karibischen Küstenstrichs aus der Vogelperspektive zu zeigen, indem er uns bei 30 Grad im Schatten und der bekannten Luftfeuchtigkeit etwa 500 Höhenmeter über lehmig-rutschige Pfade klettern ließ – eine Rosskur, die selbst das Schieben des Anhängers im Regenwald übertraf.

Oben angekommen – wie gehabt: erledigt, verdreckt, glücklich –, breiteten sich vor unseren Augen die Bananenplantagen bis zum Atlantischen Ozean aus. Wir hatten die köstlichen Früchte schon mehrfach genossen, leider entsprachen sie in ihrer Krümmung jahrelang nicht der EU-Norm und konnten in Deutschland nicht gekauft werden.

Nach einem opulenten karibischen Mahl am Abend war das Glück für mich noch nicht zu Ende, denn es wurde getanzt, natürlich draußen, unter Palmen nach karibischer Musik und mit viel Piña Colada im Blut.

Tanzen war schon von jeher meine Leidenschaft. In meiner Jugend hatte mal jemand zu mir gesagt: „Erstaunlich, Sie sehen aus wie ein deutsches Gretchen und tanzen wie ein Rassepferd!" Nun, das „chen" konnte ich mir in meinem Alter mit Sicherheit abschminken.

Ob ich noch wie eine deutsche Grete aussah, weiß ich nicht. Auf jeden Fall sorgten die Wärme, die Atmosphäre, die vielen jungen Leute, die hinreißende Musik und nicht zuletzt die Piña Colada dafür, dass *sämtliche* Pferde mit mir durchgingen. Ähnlich einem Derwisch tanzte ich fast in Trance und mit der unbändigen Lebensfreude, die mir diese Musik und dieses Land vermittelten.

Mandy war sprachlos, „overwhelmed" – einfach baff! Nie, nie, nie hätte er geglaubt, dass eine Deutsche so tanzen könnte oder würde.

In Schweiß und Endorphinen gebadet, erholte ich mich in einer Hängematte und sonnte mich in der Vorstellung, dem Image der deutschen Frau eine unerwartete Komponente hinzugefügt zu haben.

Der Meeresgott und der Dorfäquator

Äquatortaufe

Unter Seeleuten gibt es einen derben Brauch: Derjenige, der zum ersten Mal den Äquator überschreitet, wird „getauft", indem man ihn teert und federt und noch anderweitig fantasievoll beutelt. Wer nun aber glaubt, diese Äquatortaufe finde nur auf dem Meer statt, der kennt die Hochzeitsvorbereitungen in unserem Dorfe nicht!

Vor ziemlich genau 25 Jahren wurde mir bei der Hochzeit unserer Nachbarn auch eine Äquatortaufe zuteil. Nun, ich wurde nicht gerade geteert und gefedert, aber ich ging so gründlich auf den Leim, dass ich gewaltig Federn lassen musste. Ich spreche vom „Klütendrehen" als Hochzeitsvorbereitung.

Für alle, die mit derartigen Bräuchen nicht so vertraut sind, sei kurz zusammengefasst: 10 bis 15 Frauen (Nachbarinnen, Freundinnen, VerwandtInnen) treffen sich etwa eine Woche vor der Hochzeitsfeier, um die „Klüten" (Klößchen) für die Hochzeitssuppe zu rollen. Man sitzt um einen großen Tisch, jede hat vor sich einen tiefen Teller, auf dem ein Hackfleischkloß von ca. Zwei Kilogramm darauf wartet, in etwa haselnussgroße Klößchen gerollt zu werden. Nach einer gewissen Eingewöhnungszeit schafft man es sogar, zwei Klüten auf einmal zwischen den Handtellern zu rollen, und der Teller leert sich zusehends. Aber noch ehe man auf den Grund des Tellers blicken kann, ist schon der nächste dicke Kloß darauf gelandet, und so geht es weiter ... etwa zwei bis drei Stunden.

Diese Beschäftigung könnte man schon guten Gewissens als richtige Arbeit bezeichnen, wenn sie nicht durch ein scharfes, klares Getränk, das ich bis zu diesem Zeitpunkt noch nicht kannte, aufgelockert worden wäre. Nachdem der anfängliche Aufstand meiner Geschmacksknospen überwunden war, breitete sich – so nach dem dritten bis vierten Gläschen – ein wohlig-warmes Gefühl im Körper aus, das bis in die Fußspitzen lief und eine gewisse Leichtigkeit des Seins vermittelte. Nicht unangenehm!

Jede kleine Pause wurde genutzt, um wieder „einen zu nehmen", und ich fühlte mich als Neubürgerin des Dorfes sehr geehrt, dass man mir eifrig zuprostete. Ein bisschen habe ich aber immer noch den Verdacht, dass damals eine geheime Verschwörung im Gange war.

Dass mein Kopf sich langsam wie mit einer schaumstoffartig quellenden Masse gefüllt hatte, merkte ich erst beim Gang zur Toilette. Selbst hierhin ließ man mich nur passieren, nachdem ich wieder „einen genommen" hatte … und auf dem Rückweg ebenfalls.

Zu allem Überfluss ging man jetzt zum vertrauten Platt über. Da sich mein Vokabular zu der Zeit auf die Worte Klüsen, Klüten und soßtig beschränkte, hätte ich genauso gut im tiefsten Moldawien sitzen können, ich hätte nicht weniger verstanden. So machte ich also endgültig die Wanten und Klüsen dicht und überließ mich der rollenden See … Wie ich nach Hause gekommen bin, habe ich vergessen. Ich sehe nur noch die erschreckten Augen unserer damals noch sehr kleinen Katharina vor mir, die die Lage richtig einschätzte: „Mama, du bist ja betrunken!!"

Was dann folgte, kann ich nur – um bei den Seemannsvergleichen zu bleiben – als zwölfmaliges „Kielholen" bezeichnen. Das ist eine grausame Strafe für Seeleute. Man bindet ihnen ein Tau um den Leib und zieht sie unter dem Kiel des Schiffes durch. Deren Qualen und Todesängste kann man sich vorstellen, ich hoffe, meine auch!

Die wichtigsten Utensilien der folgenden zwölf Stunden waren für mich ein großer roter Plastikeimer und ein Eisbeutel. In den wenigen ruhigen Momenten, die mir der Aufstand meines Verdauungstraktes ließ, schwor ich mir: Nie, nie, nie wieder rühre ich dieses Gebräu an!!!

Nun, das in der Woche folgende KRANZBINDEN, BRONZEN, KRANZAUFHÄNGEN, BUNTMACHEN war jedes Mal eine neue Herausforderung, die ich aber tatsächlich heil überstehen konnte.

Dann kam die Hochzeit – ein rauschendes Fest! Unser lieber Nachbar Willi wirbelte mich durch den Saal, dass mir Hören und Sehen verging, ein anderer Willi fing an zu stampfen und laut zu juchzen, und der Schweiß floss mit dem Korn um die Wette.

Diesmal war ich aber gewitzter. Eine Blumenvase – die Blümlein mögen es mir verzeihen – diente als Korndepot, und zugeprostet wurde dann mit Wasser. Auf diese Weise gelang es mir, die Nachwirkungen auf dreimaliges „Kielholen" zu reduzieren.

Eine Äquatortaufe musste genügen!

Ist der freie Wille eine Illusion?

Betrachtungen einer Philosophie-Debütantin

Um ehrlich zu sein, ganz freiwillig bin ich nicht zu der Podiumsdiskussion „Ist der freie Wille eine Illusion?" gegangen, denn der Termin kollidierte gerade mit einer Fernsehsendung, die ich gern gesehen hätte, aber was tut man nicht alles für ein friedliches Familienleben …

Als Ehefrau und Mutter von fünf Kindern wusste ich sowieso: *Mein* freier Wille ist eine Illusion! Immerhin bestand ja die Möglichkeit zu überprüfen, ob meiner Erfahrung Allgemeingültigkeit zukam. Darüber hinaus bin ich nun langsam in ein Alter gekommen, in dem man Weisheit zu erwarten pflegt oder zumindest die Suche danach.

Bislang hatte sich mein Kontakt mit der Philosophie aus Zeitmangel, geistiger Trägheit oder instinktiver Einsicht immer mit dem Spruch begnügt: „Ich weiß, dass ich nichts weiß", oder auf das biblische Statement: „Unser Wissen ist Stückwerk." Dem Vorwurf, mich nicht wenigstens auf die Suche begeben zu haben, wollte ich mich aber nicht aussetzen.

Zu meiner ersten Überraschung beim Betreten des Vortragssaales gab es eine große Anzahl von anderen Suchenden. Hatten sie auch alle Probleme mit ihrem freien Willen? Unterlagen sie ebenso der Programmierung durch Reklame und Mode oder den Verführungen durch Schokolade, Rotwein und was dergleichen Köstlichkeiten den Willen auszutricksen vermögen, nach dem bekannten Motto: „Der Geist ist willig, doch das Fleisch ist schwach"?

Hatten sie auch mit dem Gedanken-Karussell zu kämpfen, das nachts trotz intensiver Gegensteuerung des Willens den Schlaf fernhielt? Oder litten sie wie ich unter den wie Pawlow'sche Reflexe ausgelösten Zwangsgedanken, die in bestimmten Situationen immer wieder auftauchen und durch keinerlei Willensanstrengung zu unterdrücken sind?

Ich bin zum Beispiel verdammt, jedes Mal, wenn ich eine Mohrrübe in die Hand nehme, an die Freundin meiner Mutter zu denken, die vor mehr als 30 Jahren verkündet hatte: „Ich *denke* immer, selbst beim Mohrrübenschaben!" Inzwischen ist es schon so weit gekommen, dass selbst beim Gedanken an eine Mohrrübe der Gedankenreflex ausgelöst wird, und ich höre die gute Frau im Geiste: „Ich *denke* immer …" Kann man da noch von „freiem Willen" sprechen?

Aber vielleicht ist das ja alles viel zu banal, sicher bewegt sich die Philosophie auf einer ganz anderen Ebene.

Auf dem Podium hatten mittlerweile ein Hirnforscher und ein Philosoph Platz genommen, beide renommiert, beide hatten Bücher über ihr Spezialgebiet geschrieben. In der Mitte zwischen ihnen sollte der Moderator die jeweiligen Redezeiten überwachen.

Der Hirnforscher durfte beginnen und bekannte sich zu der Illusion des freien Willens. Sein Vorgehen war rein naturwissenschaftlich. Er erläuterte zunächst die anatomischen Grundlagen für eine Hirnfunktion, dann die neuesten Ergebnisse der Hirnforschung, die durch Ableitung von Hirnströmen und bildgebende Verfahren gewonnen worden waren.

Wenn ich alles richtig verstanden habe, waren nach seiner Meinung das menschliche Denken, Handeln und eben auch Wollen durch neuronale Vorgänge festgelegt (determiniert).

Genetische Faktoren lieferten unter anderem die Basis für diese Funktionen, ähnlich wie die Hardware für einen Computer. Frühkindliche Prägungen waren sozusagen die Software. Wenn alles „installiert" sei, liefen die Regelkreise automatisch ab – das könne man gar nicht beeinflussen. Also keine Chance auf das kleinste bisschen freien Willen!

Bei dem Wort „automatisch" musste ich an die Mohrrübe denken – das wäre eine Erklärung. Wer aber, fragte ich mich, klickt mit der Maus auf „GO"?! Wer kümmert sich um die Downloads (Lerneffekte, Erfahrungen), wer sortiert die Spams (Gefühl für Gut und Böse), bekämpft die Viren (Besessenheiten), Würmer (Süchte), Trojaner (Ideologien)? Denn dass der Input nach der frühkindlichen Phase vorbei sein sollte, konnte ich mir nun auch wieder nicht vorstellen. Eine Antwort auf meine Fragen gab es nicht mehr, denn die Redezeit war abgelaufen.

Ich hoffte auf die Weisheit.

Zunächst gab es einen historischen Überblick, dabei durfte natürlich der Name Kant nicht fehlen, und eine Terminologie, die mein Hirn und mein Selbstwertgefühl zu einer Erbse degradierte (na ja, Kastanie).

Dann gab es aber ein praktisches Beispiel zur Willensfreiheit: „Stellen Sie sich vor, Sie haben Kopfschmerzen, was tun Sie?" Der Referent hatte eine merkwürdige Alternative vorzuschlagen: „Mein freier Wille entscheidet, ich gehe erstens zur Apotheke, um ein Schmerzmittel zu holen, oder zweitens zu einem Baggersee, der jetzt eine Wassertemperatur von zwei Grad aufweist."

Auf die zweite Idee wäre ich nie gekommen!

Der Referent ergänzte den Vorschlag schnell: Der zweite Vorschlag sei natürlich absurd.

Doch meine Regelkreise hatten schon ihre Tätigkeit aufgenommen. Warum eigentlich nicht der Baggersee gegen Kopfschmerzen? Ein neues Naturheilverfahren! Mit diesem Kälteschock ließe sich der Schmerz unter Umständen umwelt- und körperverträglich ohne Nebenwirkungen aus der Welt schaffen, und weder Arzt noch Apotheker müssten befragt werden.

Schwierigkeiten machte nur die Durchführung, denn in fast allen Baggerseen in der Umgebung ist das Baden verboten, und wenn das Beispiel Schule machte, wären die Folgen unabsehbar. Man stelle sich nur vor, Nichtschwimmer oder Herzkranke würden diese neue Therapie wählen – und wie würde die Pharmaindustrie und Ärzteschaft darauf reagieren?!

Sie bemerken, ich bin eine ausschweifende Abschweiferin und habe dadurch natürlich die wesentlichen weiteren Punkte der Ausführung verpasst, in denen die drei Merkmale der Willensfreiheit aufgezählt wurden.

Jetzt brachte der Philosoph ein neues Beispiel über die Einschränkung des freien Willens durch gesellschaftliche Normen und Moralvorstellungen: „Wenn man auf der Straße eine attraktive Person sieht (geschlechtlich wurde nicht differenziert) und seinen Willen frei walten ließe, würde man hingehen und sagen: ‚Hallo, ich möchte mit dir schlafen' – man sagt es aber nicht, weil der Wille in Konventionen gezwängt wird."

Ein amüsiertes Raunen ging durch das Auditorium.

Hier zeigte sich offensichtlich der Elfenbeinturm der Philosophie, denn der junge Mann ist mit seiner Vorstellung absolut nicht auf dem Stand der Zeit. Geht er nie in eine Disco? Sieht er nicht „Sex and the City"? Diesem moralischen Korsett sind doch schon lange die Fischbeinstäbe gezogen worden, und es ist dem 68er-BH gefolgt. Wenigstens erzählen mir das meine Töchter.

Auf modernstem Stand ist jedoch die Ausdrucksweise, die in gut deutscher Manier an das Ende der meisten Sätze „O. K." anhängt. Ich habe gestaunt, welche Modulationen damit möglich sind: „O. K.!" (also gut), „O. K.?" (das haben Sie ja wohl verstanden?), „O. K. …" (also, da bin ich nicht so sicher), „O. K.?!" (wieso zweifeln Sie?!).

Sie werden mir vorwerfen, ich sei nicht ernsthaft genug. Sie haben recht!

Zu meiner Entschuldigung muss ich anführen, dass ich von dem Resultat des Abends etwas enttäuscht war. Weder mein Rotweinproblem noch der Mausklick fanden eine entsprechende Erklärung, und ich weiß immer noch nicht, ob die Weisheit jemals für mich erreichbar sein wird.

Auf dem Heimweg fragte ich mich, warum man diese Diskussion überhaupt führen musste. Sowohl die Naturwissenschaft als auch die Philosophie und überhaupt jedermann müsste doch eigentlich einsehen, dass die entscheidenden Tatsachen unseres Daseins wirklich ohne ein „Nanopotenzial" unseres Willens ablaufen: Geburt und Tod!

„Freitod", wird vielleicht jemand einwerfen. Abgesehen davon, dass wohlmeinende Angehörige oder ein gut ausgebildetes Ärzteteam diese freie Entscheidung vereiteln können, ändert sich jedoch dadurch nur die Restlaufzeit, die Tatsache nicht.

Zwischen diesen beiden absolut willenlosen Polen – auf „dieser seichten Sandbank Erdenfrist" (Shakespeare) – versucht das Computerspiel in unserem Kopf uns einen freien Willen vorzugaukeln, den schon eine simple Grippe zum Absturz bringen kann.

Ich glaube, ich bleibe doch am besten bei der Erkenntnis: „All unser Wissen ist Stückwerk."

Seniorenteller

„Das ist ja wie ein doppelter Lottogewinn!! Du bist es doch, cara Ursula, oder irre ich mich?"

Ja, ich war es, und er auch, unzweifelhaft: die schlaksige Gestalt, das jungenhafte Lachen, derselbe verführerische Charme – Freddy, der Tausendsassa, wie er damals genannt wurde. Wie lange war das her? 15 Jahre? 20?

Selten hatten wir uns inzwischen gesehen (und jedes Mal hatte er mich um Geld angepumpt). Das Schicksal hatte ihn gebeutelt, oder er das Schicksal – wie man es nimmt: Zwei gescheiterte Ehen, drei Söhne, zwei außereheliche Töchter, immer neue Projekte und Ideen und hundertprozentige Gewinnchancen, eine Insolvenz folgte der nächsten, Pechsträhne auf Glückssträhne.

Aber hier war er nun und unbekümmert wie immer. „Das müssen wir feiern! Lass uns essen gehen!" Keine schlechte Idee. Ich hatte Hunger und noch Zeit.

Es gab nur eine mittelgroße Schwierigkeit. Wie ich die Lage wohl richtig einschätzte, war er bestimmt blank, und ich hatte dummerweise meine Scheckkarte vergessen und nach ausgiebigem Einkauf nicht viel Bargeld übrig, um eine üppige Mahlzeit finanzieren zu können.

Die rettende Idee kam wie ein Blitz: Bei „PAOLO" gab es preiswerte Seniorenteller, dabei wäre auch noch ein Wiedersehens-Rotwein möglich.

In der mediterran gestalteten Nische war es sehr gemütlich, und ehe ich es merkte, hatte Freddy zur Einstimmung Prosecco bestellt. Na ja, da musste ich halt anschließend anstelle des Rotweins mit Mineralwasser vorliebnehmen. Beiläufig erwähnte ich, dass ich mich für den Seniorenteller entscheiden würde, denn er sei äußerst gesund, die Portion für Senioren ideal bemessen und überdies sehr preisgünstig. Er zog die rechte Augenbraue hoch und studierte die Karte.

„Seniorenteller: Linsenrisotto mit Sellerie-Möhren-Lauch-Gemüse, Chinakohl und Kräutermischung. Das ist nicht dein Ernst! Wir sollten ein Festtagsmenu wählen nach so langer Zeit!" Ich zuckte nur in der Gegend der Magengrube leicht zusammen und versicherte, dass das vegetarische Gericht genau das Richtige für mich sei, außerdem sei ich gar nicht wild auf Fleisch (was eine glatte Lüge war).

Nun, er war es und ließ sich das Rinderfilet mit Kräuterbutter nach dem Garnelencocktail herzhaft munden. Natürlich musste der Pinot Grigio beim Vorgericht später einem Valpolicella weichen. Ich nippte heldenhaft an meinem Wasser und stocherte lustlos auf dem Seniorenteller herum.

Bei einem kurzen Gang zur Toilette vergewisserte ich mich, dass mein restliches Geld wohl gerade reichen würde, notfalls konnte ich meine Uhr als Pfand hinterlegen. Bei meiner Rückkehr dampfte schon ein Caffè latte an meinem Platz und ich sah gerade noch, wie Freddy der strahlenden Kellnerin ein üppiges Trinkgeld in die Hand drückte.

Auf meinen eher schwachen Protest gegen die bezahlte Rechnung lachte er nur fröhlich: „Ich sagte dir doch, doppelter Lottogewinn, einen durch dich, einen durch eine Glückssträhne."

Nie wieder bestelle ich freiwillig einen Seniorenteller!

Phobien

Das Wort „Phobie" stammt aus dem Griechischen und bedeutet „Angst". Die Psychologie und Psychiatrie kennt davon verschiedene Ausprägungen, zum Beispiel: Klaustrophobie (wenn man meint, in einem Fahrstuhl wahnsinnig zu werden), Agoraphobie (wenn man auf großen Plätzen oder in der Öffentlichkeit am liebsten zu einer Ameise schrumpfen möchte), Xenophobie (wenn alles Fremde eine Panikattacke auslöst) oder Akrophobie, Höhenangst (wenn schon das Erklettern eines Apfelbaumes zu Bewusstseinsverlust und damit Absturz führen kann).

Das sind jedoch nur die gängigsten Ängste; darüber hinaus gibt es noch unzählige, die meistens noch nicht einmal für würdig befunden werden, einen griechischen Namen zu führen.

Ob die Phobie, an der ich leide, diese Würde besitzt oder häufig auftritt, habe ich bislang noch nicht erforscht, weil ich mich eigentlich gern von diesem Makel distanzieren würde.

Der größte Teil der Bevölkerung kann nämlich diese Phobie überhaupt nicht nachvollziehen, und besonders die Hundebesitzer zucken nur verächtlich mit den Schultern: Wie kann man nur Angst vor Hunden und eine Abneigung gegen sie haben? Sie sind doch sooo süß, so lieb, so treu!

Ich weiß, dass meine Phobie wahrscheinlich in den meisten Fällen unbegründet ist, aber ich mag es einfach nicht, wenn man mich anspringt, meine Hände (oder andere erreichbare Körperteile) leckt, und sei es auch nur, „um nur zu spielen", wie es ihre Herrchen gern betonen.

Merkwürdigerweise wirke ich auf diese Vierbeiner ganz besonders anziehend, denn mag die Gruppe von Spaziergängern auch noch so groß sein, zielstrebig kommen sie ausgerechnet auf mich zu. „Sie riechen es, dass du Angst hast", sagte man mir.

In der Psychologie und Psychiatrie werden die Phobien unter dem Begriff „Neurosen" (erworbene Fehlleistungen) eingeordnet. Ich bin dagegen überzeugt, dass an meiner Phobie ein Gen die Schuld trägt. Schon meine Großmutter und auch meine Mutter hatten eine ausgeprägte Aversion gegen Hunde, und auch eine meiner Töchter steht dem Hundekult abgeneigt gegenüber. Es muss sich also um eine Koppelung an das X-Chromosom handeln.

Damit wäre ich auch nicht mehr verantwortlich für diese Schwäche und moralisch aus dem Schneider!

Da für die Ausschüttung des wie auch immer gearteten Angstduftstoffs mit Sicherheit mein Gehirn verantwortlich ist, versuche ich mit Selbstbeschwichtigung und gezielten Ablenkungsmanövern, die entsprechende Region auszutricksen. Leider war der Erfolg bislang nicht überzeugend.

„Du brauchst mal ein richtiges Schockerlebnis", riet man mir, „dann bist du bestimmt geheilt!" Ich sah mich schon mit einer Bulldogge allein in einen Käfig gesperrt und wies diese Möglichkeit entsetzt weit von mir.

Einen kleinen Schritt in diese Richtung konnte ich trotzdem letzten Sommer testen: An einem der wenigen wirklich schönen Augusttage ging ich mit meinem Mann spazieren. Es war so herrlich warm, dass man leicht bekleidet und mit nackten Beinen in Sandalen laufen konnte.

Wir hatten uns das Ufer eines idyllischen Moorsees ausgesucht und folgten einem verschlungenen Pfad, der wenig begangen und von Gräsern, Brombeerranken und Jelängerjelieber fast zugewuchert war. Weit und breit sahen wir kein menschliches Wesen. Das Heidekraut hatte schon einen rosa Schimmer, und die Gagelsträucher dufteten, wenn wir sie aus Versehen streiften. Wir waren dankbar für die lichten Schatten der Birken und Erlen am Ufer des Sees, denn die Sonne meinte es fast zu gut mit uns. Auch die Kormorane auf den fahlgelben toten Bäumen im See wirkten in der Hitze schläfrig. Wir beneideten die Haubentaucher, die munter im Wasser Abkühlung fanden. Wir hatten keine Chance, es ihnen gleichzutun, denn wir befanden uns in einem Naturschutzgebiet mit Badeverbot. Doch die Schönheit der unberührten Natur versöhnte uns mit diesem Mangel.

Es war ganz still um uns herum, und unsere Schritte wurden von dem mit moderndem Laub bedeckten federnden Moorboden fast völlig verschluckt.

Durch die Stille und Wärme hatte man beinahe das Gefühl zu schweben.

Der Absturz war umso heftiger und endete mit einem erschreckten Schrei meinerseits.

Zuerst dachte ich, eine Kreuzotter, die es dort gelegentlich gibt, hätte mich ins Bein gebissen, denn meine Wade schmerzte stark. Dann folgte aber das aggressive Gekläff eines Dackels, und ich sah, dass der Übeltäter einen Hautfetzen meiner Wade hatte mitgehen lassen. Er hatte sogar ziemlich tief die Muskulatur verletzt. Es tat weh, aber ich hatte meine Schmerzensäußerungen bald wieder unter Kontrolle, während das vorwurfsvolle Bellen weiterging.

Es dauerte auch nicht lange, bis die Besitzerin dieses „Unholds" herbeigebellt war.

Mein Mann machte seiner Empörung Luft. Die ältere Dame jedoch, die mit ihrer Freundin in der Nähe gerastet hatte, war nur darum bemüht, ihren Liebling zu beruhigen. Dann folgte ein Spruch, der mich nach Luft schnappen ließ: „Wie konnten Sie den Kleinen nur so erschrecken?!! Komm, mein Liebling, nimm es dir nicht zu Herzen!" Damit nahm sie das Tier auf den Arm und hörte gar nicht wieder auf, es zu streicheln.

Unser Einwand, in einem Naturschutzgebiet dürfe man Hunde nicht frei laufen lassen, und überhaupt habe ja wohl eher der Hund uns erschreckt, auch verletzt, wie sie ja sehen könne, streichelte sie einfach davon.

Es wurde mir wieder einmal klar, dass mir das entscheidende Gen fehlt, dieses Verhalten und überhaupt Hundebesitzer zu verstehen.

Nach diesem Erlebnis denke ich über eine Selbsthilfegruppe für Menschen mit Hunde-Phobie nach.

Der japanische Garten

Nach langer Zeit kam ich mal wieder zu dem großen Krankenhaus und musste staunen, wie sich alles verändert hatte: Nicht nur, dass der Innenbereich viel ansprechender und großzügiger gestaltet war, auch bei den Außenanlagen hatte man sich viel Mühe gegeben und keine Kosten gescheut. Ganz besonders gefiel mir ein kleiner Bereich, der im Sinne eines japanischen Gartens gestaltet war. Große schwarze Schiefersteine und -platten gaben den Rahmen vor, in den sich die Pflanzen stilvoll einfügten. Kleinwüchsige Azaleen, Fächerahorn, Bambus, Gräser und Moose harmonierten mit kleinen Tümpeln und Zwergkoniferen. Ein schönes Bild, wie von einem großen Künstler gemalt.

Als ich einige Wochen später wieder an dem bewunderten Japan-Garten vorbeikam, konnte ich es kaum glauben. War das wirklich möglich? Von den Steinen, Farnen, Azaleen hatte ein ganzes Heer von Gartenzwergen Besitz ergriffen. Gartenzwerge in allen Ausführungen: mit Schubkarre und ohne, mit Pfeife, Schifferklavier, Harke, Laterne und anderen für Gartenzwerge unentbehrlichen Utensilien, tummelten sich zwischen den erlesenen Pflanzen, und es waren so viele, dass man an eine Invasion denken konnte. Wer hatte das verbrochen? Was hatte das zu bedeuten? Wollte man vielleicht allen Besuchern eine gelungene Integration vor Augen führen mit dem Akzent der deutschen Leitkultur?

Schnell verließ ich diesen Ort der ideologischen Geschmacksverirrung.

Umso größer war mein Erstaunen, als ich wiederum ein paar Wochen später keinen einzigen Gartenzwerg mehr auf dem bewussten Gartenstück entdecken konnte. Keinen einzigen! Dafür wuchs jetzt anstelle der Gartenzwerge überall deutsches Unkraut in erstaunlicher Vitalität und Fülle. Die edlen Schieferplatten waren zum Teil schon

Die Gartenzwerge und der Spuk

überwuchert, ebenso die japanischen Pflanzen. Das Ganze erinnerte an die Urwaldstädte, die von der Vegetation verschlungen wurden.

Hatte man vielleicht bei den Gartenzwergen damit gerechnet, dass sie wie die Kölner Heinzelmännchen die Arbeit des Unkrautjätens übernehmen würden? Waren sie so plötzlich verschwunden, weil man ihnen auf die Schliche gekommen war?

Bei einem Englandaufenthalt sah ich einmal an einem Gartenzaun, hinter dem auch unzählige Zwerge versammelt waren, ein Schild: „Please, don't steal the dwarfs!" (Bitte stehlen Sie die Zwerge nicht!) Sollte es auch bei uns Diebe geben, die es gezielt auf Gartenzwerge abgesehen haben?

Ehrlich gesagt, ich trauere den Zwergen nicht nach. Was das Unkraut allerdings betrifft, scheint es mit der Integration fremder Kulturgüter bislang noch nicht so recht zu klappen. Vielleicht sollte man in diesem speziellen Fall einmal über die Stelle eines Integrationsbeauftragten beim Gartenbauamt nachdenken!

Kreta

Meine Tochter war noch nicht zu unserer Verabredung in einem Café erschienen, und ich wollte gerade etwas verärgert nach meinem Handy greifen, um sie zu ermahnen, als ich vom Nachbartisch die Frage vernahm: „Nun, wie war es auf Kreta?"

Zwei nicht mehr ganz junge, sorgfältig „gestylte" Damen hatten dort gerade Platz genommen, und ihre Unterhaltung wurde so laut geführt, dass ich gar nicht anders konnte, als dem Inhalt zu folgen.

„Na, um es gleich vorneweg zu sagen, das Wetter war nicht schlecht …", kam die etwas gelangweilte Antwort.

War das möglich? Das war die Beschreibung einer Insel im herrlichen Mittelmeer, einer Insel, auf der Zeus geboren wurde, auf die er seine Geliebte Europa als Stier auf seinem Rücken getragen hatte, um mit ihr dort den König Minos zu zeugen! Eine Götterinsel! Und bei dieser Dame spielte nur das Wetter eine Rolle?!

Meine Erinnerungen spulten in Sekundenschnelle einen ganzen Film vor meinem inneren Auge ab: Die Ankunft in Heraklion am Abend, von wohliger Wärme empfangen, lebendiges Treiben trotz später Stunde noch auf allen Plätzen und Gassen. Lärm, Gelächter, unbekannte würzige Gerüche, volle Straßencafés, offene Läden, bis Mitternacht spielende Kinder, Hupkonzerte … für einen Nordländer eine neue Welt! Dass die Bettwäsche in dem preiswerten Hotel offensichtlich nicht ganz frisch bezogen war, musste man verschmerzen, das gehörte eben zu der neuen Welt dazu.

Dazu gehörten auch die kleinen Restaurants am Hafen von Chania, in denen man sich die Gerichte direkt in der Küche aussuchen konnte, all die mediterranen Köstlichkeiten, die natürlich mit einem Glas Wein auf der Terrasse genossen wurden. Den Verdauungs-Ouzo gab es gratis dazu.

„Also, die Verpflegung war miserabel!", hörte ich vom Nachbartisch.

Die Arme! Hätte sie doch eine Fahrradtour auf die Halbinsel Akrotiri gemacht, dann hätte man ihr nach dem mörderisch heißen Trip einen griechischen Salat angeboten, der alle Lebensgeister wieder erwecken kann und an Köstlichkeit kaum zu überbieten ist.

Offensichtlich hat sie aber weder einen Fahrrad- noch einen anderen Trip unternommen, denn es fiel kein Wort über die Samaria-Schlucht, dieses grandiose Naturwunder, das man nur zu Fuß genießen kann. (Allerdings sollte man das Wunder nicht mit gesamtem Gepäck und in Sandalen erobern wollen, wie wir es leichtsinnigerweise getan haben, denn dann erweist sich der Pflastervorrat der Reiseapotheke als unzureichend.)

Auch die kulturellen Schätze blieben gänzlich unerwähnt. Hatte sie etwa den Minoer-Palast in Knossos nicht angeschaut, dieses fast 4000 (!) Jahre alte Bauwerk, das man zwar restauriert hatte, das aber der Fantasie alle Möglichkeiten eröffnet, das verschlungene Labyrinth des Königs Minos zu suchen. Hier hatte einst der Minotaurus, der Stiermensch, gewütet und Theseus hatte ihn mithilfe der Königstochter Ariadne töten können.

Dass Theseus Ariadne auf der Insel Naxos verlassen hat, obwohl sie ihn vorher durch ihre Klugheit mithilfe eines Garnknäuels durch das Labyrinth geleitet und damit sein Leben gerettet hat, empörte mich schon damals, und beim Gedanken an diese schändliche Tat und bei meinem solidarischen weiblichen Mitgefühl für Ariadne verliere ich selbst fast den Faden bei meiner nostalgischen Kreta-Rückschau.

Aber da kommt schon das nächste Stichwort der Dame am Nachbartisch: „Na ja, der Pool war eigentlich ganz akzeptabel."

Der Pool?? Hatte die Dame gar nicht bemerkt, dass sie sich auf einer Insel befand, die rings von Meer umgeben ist? Wo es die herrlichsten Strände gibt, weite oder verträumte in kleinen Buchten, mit Palmen oder mit Felsen, aber immer mit einem kristallklaren Wasser, das man am liebsten gar nicht wieder verlassen möchte.

Bestimmt hat sie auch niemals den Sonnenuntergang in Frangocastello an der Südküste erlebt, wenn Nikos von den alten griechischen Göttern erzählt, die in seinem Leben immer noch eine große Rolle spielen, während sein Freund Panagiotis auf der Bouzouki griechische Volksweisen zupft und Stephanos sich mit ausgebreiteten Armen auf einen Felsen stellt, um seine Begeisterung mit dem Ausruf „Thalassa!" (Das Meer!) kundzutun, als wolle er die Welt umarmen.

Auch wir haben daraufhin immer wieder „Thalassa!" gerufen, wenn wir bei unseren Wanderungen plötzlich die im Sonnenlicht glitzernde unendliche Pracht vor uns sahen. So wie in Falassarna an der Westküste, wo sich ein wahrhaft endloser Strand als unberührte Natur vor uns ausbreitete, eine Landschaft, die unseren Atem stocken ließ.

Nicht nur die Natur, so vieles war ein Erlebnis auf dieser Insel: die mit Fresken und Ikonen geschmückten zahlreichen Klöster, die Schätze im Historischen Museum von Heraklion, wie etwa der Lilienprinz oder die reich verzierten Amphoren und Vasen.

Und immer wieder tauchen im Fluss der Erinnerung freundliche, hilfsbereite Menschen auf, Musik, Gelächter, Tänze, bei denen schon mal vor Begeisterung Teller an die Wand geworfen werden.

Ich bin so in meine Erinnerungen versunken, dass ich erst wieder auftauche, als meine Tochter mich an der Schulter berührt. „Wo bist du denn gewesen?", fragt sie neckend. „Du warst ja offensichtlich ganz weit weg."

„Ja, auf Kreta", seufzte ich voller Wehmut.

„Und wie war es auf Kreta?" Sie hatte so laut gefragt, dass die Dame am Nachbartisch einen kurzen prüfenden Blick herüberschickte. Ich schickte den Blick vielsagend zurück und legte so wenig Ironie wie möglich in meine Antwort: „Oh, das Wetter war sehr schön!"

Die Alte

Wie so oft hatte ich längere Zeit im Garten gearbeitet, während unser Sohn mit seinen Freunden begeistert und lautstark Basketball spielte.

Als ich ein wenig müde meine Werkzeuge wegräumen wollte und dabei den Basketballplatz überquerte, hörte ich die etwas provokante Aufforderung: „Na, Alte, willst du auch mal probieren?"

Sonst bin ich nie die „Alte", sondern ganz einfach „Mama" oder „Mutsch" oder werde mit irgendeinem Spitznamen bedacht. Wahrscheinlich wollte sich unser Sohn nur vor seinen Freunden cool zeigen. Ich nahm deshalb den Ball ohne Kommentar und tat ihm den Gefallen.

Ich war – wie gesagt – müde und überhaupt nicht ehrgeizig und zielte locker und lässig auf den Korb. Obwohl ich mindestens 15 Meter weit entfernt war, flog der Ball direkt auf den Korb zu, kreiste einmal am inneren oberen Ring, um dann langsam durch das Netz nach unten zu fallen.

Ich weiß nicht, wer mehr erstaunt war, die fünf Jugendlichen oder ich selbst. Auf jeden Fall hatte ich meinen offenen Mund schneller geschlossen als sie und mir war sofort die Einmaligkeit dieses Wurfs bewusst.

Während noch etwa eine Minute ehrfurchtsvolle Stille herrschte, bevor begeisterter Beifall gespendet wurde, packte ich meine Werkzeuge zusammen und machte mich lässig und scheinbar unbeeindruckt auf den Weg ins Haus, so als könnte ich dergleichen jederzeit bringen.

Dass ich das nicht konnte, erfuhr ich während der folgenden Wochen, in denen ich während der Schulzeit heimlich übte und höchstens mal aus drei Meter Entfernung etwas Ähnliches vollbrachte. Wahrscheinlich hatte damals die völlige Lässigkeit, ohne jeden Ehrgeiz, den Erfolg beschert. Schon eine alte ostasiatische Weisheit lautet, dass ehrgeiziges Bestreben nicht zum Ziel führt.

Einen erneuten Beweis meines „Talentes" habe ich vorsichtshalber nie angetreten. Eine Schulterverletzung musste als Vorwand dienen.

Unter den Jugendlichen aber lebte die Fama weiter: „Mensch, die Alte, die hat es wirklich drauf! Aus 15 Meter Entfernung! Und das beim ersten Wurf!"

Muss man sich da nicht fragen, ob wohl auch andere Legenden auf ähnliche Weise entstehen?

Interessant

Wenn man zu einem Essen eingeladen wurde, das so gar nicht den Erwartungen des eigenen Geschmacks entspricht und dazu noch die Erziehung auf Höflichkeit bedacht war, gebraucht man als Anerkennung gern das Wort „interessant", was so viel bedeutet wie „grauenvoll", „ungenießbar", bestenfalls „eine Zumutung"! Während man noch überlegt, ob mit einem vorgetäuschten Hustenanfall das Übel entsorgt werden könnte, gewinnt meistens die Erziehung den Kampf, und man schluckt alles heldenhaft hinunter.

Wenn jemand dann allerdings ein zweites Mal nachverlangt, dann wird es wirklich interessant, dann kann man nicht mehr von Erziehung sprechen, sondern nur von Masochismus.

Ich glaube kaum, dass die junge Frau, die in einem Zeitungsinterview gefragt wurde, warum sie gerade auf einem Kreuzfahrtschiff arbeiten wolle, diese Art der „Interessantheit" im Sinne hatte, als sie angab, sie wolle „interessante Menschen" kennenlernen.

Im Interview wurde die Antwort nicht kommentiert, doch ich quäle mich seitdem mit der Frage herum: „Wer oder was ist ein interessanter Mensch?"

Wie muss man beschaffen sein, um als „interessant" zu gelten? Hängt es vom IQ ab, vom Bankkonto, von der Präsenz in der Yellow Press?

Doris Dörrie fragt in einem ihrer Filme: „Bin ich schön?"

Genauso frage ich mich jetzt: „Bin ich interessant?" Ich fürchte, bei meinem grundsoliden Lebenswandel (keine Steuerhinterziehungen, keine Seitensprünge – höchstens mal gedankliche –, keine kriminellen Handlungen, keine Erwähnung in der Yellow Press) habe ich nicht die kleinste Chance, interessant zu sein. Die Frage, ob ich das möchte, lasse ich mal offen.

Auf der anderen Seite garantiert Prominenz auch nicht, dass man für jeden interessant ist.

Boris Becker zum Beispiel bewundere ich wegen seiner sportlichen Höchstleistungen, sonst ist er für mich nicht weiter interessant, selbst wenn er in einer Besenkammer ein kleines Mädchen zeugte, das ihm erstaunlich ähnlich sieht.

Ich komme zu dem beruhigenden Schluss, dass es „interessante Menschen" eigentlich gar nicht gibt, dass man sich ganz persönlich für einen anderen Menschen interessieren kann, ihn vielleicht bewundern, hoch schätzen oder ablehnen. Dann wird man erkennen, dass jeder Mensch interessant sein kann, nicht nur eine auf ein Piedestal erhobene Elite.

Der jungen Frau auf dem Kreuzfahrtschiff wünsche ich, dass die „interessanten Menschen" der Luxuskabine außen bei ihr nicht eine ähnliche Reaktion hervorrufen mögen wie das „interessante" Essen, das nur mit äußerster Höflichkeit geschluckt werden kann.

Best Ager

Selbst in etwas höherem Alter kann man noch etwas dazulernen.

Jetzt habe ich also durch eine Zeitungsbeilage erfahren können: Ich darf mich zur Gruppe der „Best Ager" zählen.

Man spricht nicht mehr von Rentnern, Oldies oder gar Alten. Nein, die „Best Ager" sind, wenn man es auf Deutsch wörtlich nimmt, Menschen im besten Alter.

Laut Prospekt soll das mit der Generation 50 plus beginnen, ein genaues Ende wurde nicht angegeben.

Es wurde aber hervorgehoben, dass die „Best Ager" viel Freiheit haben (meistens auch genügend finanzielle Mittel), um das Leben noch mal so richtig auskosten zu können.

Erwähnt wurde in diesem Zusammenhang natürlich Sport: in erster Reihe Golf, Nordic Walking oder Fitnesstraining; auch Joggen oder Radfahren war möglich.

Natürlich wurde gesunde Ernährung ganz großgeschrieben.

Zu meinem großen Bedauern war keine Rede von Rotwein.

Zur Stimulation der kleinen grauen Zellen wurden Kurse an der Volkshochschule empfohlen, Kreuzworträtsel oder Sudoku.

Da konnte ich wenigstens ein bisschen beruhigt sein, denn Sudoku war ein Hobby von mir. Wenn ich mich nicht gerade aus Leichtsinn und damit verbundener Unaufmerksamkeit verprudelte, konnte ich sogar die Stufe „knifflig" bis „sehr knifflig" bewältigen.

Der Kopf ließ sich also vielleicht noch unter „Best" einordnen, aber wie sah es mit dem Rest aus?

Dass ich den Fernseher etwas lauter stellen musste, störte höchstens die Umgebung.

Allerdings hatte ich bei großem Stimmengewirr doch gelegentlich Schwierigkeiten, mein Gegenüber zu verstehen.

Meistens war dieses Gegenüber auch ein „Best Ager", der über seine Rückenprobleme, Hüftschmerzen oder andere Zipperlein klagte.

In diesem Zusammenhang erscheint mir das Wort „Best" doch nicht unbedingt angemessen zu sein, zumindest wenn ich an die vergangenen früheren „Ages" denke, in denen ich stundenlang wandern, schwimmen und anschließend noch tanzen konnte, ohne überhaupt zu bemerken, dass ich dafür ein Knochengerüst benutzte.

Stutzig machten mich in der Broschüre auch die zahlreichen Annoncen von Pflegeheimen, Treppenliften und Hilfsdiensten, sogar ein Beerdigungsinstitut wies vornehm auf die Möglichkeit einer dezenten Abwicklung hin.

Was hatte das alles mit dem „besten Alter" zu tun? War das wirklich in Einklang zu bringen?

Ich glaube, unser 18-jähriger großer, starker, fröhlicher Nachbarssohn brachte es auf den Punkt. Als ich ihn einmal fragte, wie denn der Besucher ausgesehen habe, den ich gerade verpasst hatte, wie alt der etwa gewesen sei, kam die lapidare, völlig wertfreie Antwort: „Na ja, so letztes Drittel."

Ein wenig musste ich doch schlucken bei dieser unbekümmerten Einschätzung, aber natürlich hatte er recht. Auch das „beste Alter" hat ja nun mal unweigerlich ein Ende, und ob „das letzte Drittel" nun wirklich das beste ist, das mag gelegentlich vorkommen, hängt aber sicher dann von ganz anderen Dingen ab als von Ernährung, Golfsport und Sudoku.